6月31日的同学会

[日]真梨幸子 著

邢利颉 译

台海出版社

◇千本樱文库◇

◇前言 PREFACE

文库，原本是指收纳书物的仓库和书库，也指收纳书与记事簿，以及不常用物品的小箱子。以前者为例，京浜急行线的“金泽文库站”就是以前镰仓时代北条氏用来收藏汉书用的，“金泽文库”名字的由来便是如此。东京都的世田谷区也存在着收集着珍贵汉书的“静嘉堂文库”。后者则更多地被称为“手文库”。

江户时代以来，可以放入袖袂的小开本书籍逐渐流行起来，被称为“袖珍本”。明治三十六年（1903 年），富山房发行了小开本的丛书，起名“袖珍名著文库”。随后，明治四十四年（1911 年），讲述战国时代的猿飞佐助和雾隐才藏系列故事的讲谈社“立川文库”发行出版。

讲谈是日本民间艺术，以口语化的方式讲述历史故事的形式。而“立川文库”则是将讲谈收录成册集中出版的丛书，据统计，当时刊行量为 200 册左右。从那时起，文库就脱离了原本的释义，逐渐演变成了现在的类书集丛。

“文库”说法借鉴了日本出版业界的传统说法。而千本樱源自日本奈良县吉野山樱花盛开的奇景，世人皆称“一目千本樱”来形容樱花美景。千本樱文库的纳入作品皆为日系作品，题材包括推理、悬疑、幻想、青春、文化等类型，正如千本樱满山盛开的绝景。

现代日本，以“文库”命名刊行的丛书系列有200种以上，所谓“文库本”只不过是统称而已。日本传统的“文库本”常用的是A6尺寸的148 mm×105 mm，也叫“A6判”。千本樱文库的所有书籍将在“文库本”的基础上提升，达到148 mm×210 mm的开本标准。在追求还原的前提下，力图带给读者更清晰的阅读体验。

发自莫格街的推理火种，由贝克街的名侦探，扬起本格黄金时代的风帆，乘风破浪驶向远东。孤悬海外的极东岛国汲取欧洲推理特长的同时，也发展出了很多本土化的推理小说类型。比如，以松本清张为代表的社会派推理类型，基于本格推理再创作的新本格类型，探查普通生活中奇怪琐事的日常之谜类型等。2007年，月刊《书的杂志》打出“致郁推理”的标题，后来人们就将读完令人心情压抑的推理小说归纳进了“致郁推理”的类型。一年以后，凑佳苗创作的人气小说《告白》引发热议，“致郁推理”也就此深入人心。其实，《告白》尚未出版之前，沼田真帆香留便已经开始创作此类作品，当《摇摆的心》大获成功以后，其出道作《如果九月可以永存》也取得了佳绩。但是，“致郁推理”的旗手不仅限于这两位作家。2005年，凭借《孤虫症》斩获第32届梅菲斯特奖出道的真梨幸子也是“致郁推理”的青睐者。

所谓“致郁推理”的字面意思，顾名思义就是阅读之后受到冲击震撼，从而引发心理不适的小说类型。真梨幸子发表《孤虫症》以后，尽情地挖掘人类内心深处潜藏的负面情感与黑暗，任其暴走。创造出了只属于她自己的狂气风格，相当多的读者都被“不想读却又忍不住读下去”的欲望所俘虏。至今，出道十七年的真梨幸子已经创作了三十余部作品。在她的笔下，那些生活碎片中满是凡人的恶意，隐秘的角落里充斥着真实的人性阴影。真梨幸子入木三分地刻画了每一个人物，以及他们的内心潜藏着的怨念与不满。平凡生活中的点滴恶意，以及人们对自身命运的不满与怨怼，最终改变和扭曲了人们原来的模样。

千本樱文库编辑部

MULTI-NEW ROUTES OF MYSTERIES

推理的多元新航路

如今，推理已经成为全世界都非常热衷的娱乐元素，冠以推理概念的动漫作品、影视作品、游戏作品更是层出不穷。

随着这些娱乐形式深入到生活的方方面面，作为原生土壤的推理小说却日益被边缘化。为了适应不同时代读者的需求，推理小说也会进行相应调整，因此，世界各国的推理小说都在探索新的内容与形式。

不同的时代会涌现不同风格的文学作品，推理小说也无法脱离时代背景。在经济全球化愈演愈烈的现在，推理也在多元化的大航海中不断开辟着新的航路。所以，我们不仅要挖掘深埋于历史中的名作，也要竭力推广优秀的新作品。

从某种程度来说，奖项和销量是衡量一部作品的重要指标，获奖作品与畅销作品代表着所处时代的文化趋势。但是，任何时代都有很多充满创作热情的作者，他们的作品或许没能满足当时市场的需求，却同样富有个性与魅力。

“推理的多元新航路”旨在敢为人先，在发现、传播新人佳作，为推理文化注入活力的同时，我们也想将埋藏于历史的杰出作品传递给热爱推理文化的读者。宛如大航海时代一样，联结古今文化，共享推理盛宴。

千本樱文库

千本樱

兰圣学园

兰圣学园是一所提供小学、初中、高中、短期大学“一贯制”教育的私立女校，位于神奈川县琉璃市梦想之丘一丁目（旧称：相模郡琉璃镇）。原则上它只在小学部和短期大学开放招生名额，面向外部招收入学者，并且自初中部起便采用完全直升式的“一贯制”教育系统。但视具体年份，有时初中部、高中部等也会各自招收新生入学，人数在几人到几十人不等。

沿革　一九一四年（大正三年）三月，德国修女玛莉亚·吉哈尔特在琉璃镇设立了专为女性提供学习与训练礼仪的设施“铃兰会”。

一九三五年（昭和十年）四月八日，兰圣女子高中建校。

一九四八年（昭和二十三年）四月，学校改制，兰圣高中部成立。

一九五八年（昭和三十三年）四月，兰圣初中部成立。

一九六二年（昭和三十七年）七月，参与伊丽莎白·阿基利斯[1]运动。

一九六七年（昭和四十二年）四月，兰圣小学部成立。

一九七四年（昭和九十四年）四月，兰圣短期大学成立。

校训　平等，纯洁，正直。

1　伊丽莎白·阿基利斯（Elisabeth Achelis），生于一八八〇年一月十一日，逝于一九七三年二月十一日，美国活动家，世界历法组织（World Calendar Organization）的创始人及主席。——译者注

旧琉璃镇和旧御崎镇的合并问题

一九五三年（昭和二十八年），随着“村镇合并法”的实施，有人建议将旧相模郡琉璃镇和旧相模郡御崎镇合并，且之后每逢遇到机会，便会就此事进行商议，而赞成派和反对派总是针锋相对，于是该计划以流产告终。

一九八六年（昭和六十一年），两镇的合并事宜又重新被提上议程，结果在市民之间引起了极大纠纷。

正在这时，以两件案发时间相近的案件为契机，舆情一下子就倾向于“赞成合并”的意见。

第一起事件发生在一九八六年（昭和六十一年）九月八日。那天，反对派人员正在旧琉璃镇的某家料亭——A店里头集会。席间，数名人士对倒戈向赞成派的T氏实施了暴力行为，导致T氏死亡，并被埋尸于即将开发新城区的地块，直到次月十号其遗体被人发现，此案才得以曝光。十一日，警方对A店的经营者B进行了简单问话，但是B在受到问话的当天就自杀了。而本案中的另外五人也受到了问讯，随后同样都自杀身亡，总之整件事最终成为死亡人数共计七人的大型惨剧。

第二起事件则发生在一九八七年（昭和六十二年）六月三日。有人看到一对兄弟（分别为小学四年级学生和小学一年级学生）倒在旧御崎镇的海岸边，浑身是血。由于发现得早，两人总算捡回了一条命，但更严重之处在于行凶者竟然是他们正在念初中一年级的姐姐。据这位姐姐供述，她原本在和弟弟们聊两个镇子合并的事，聊着聊着吵了起来，她便用柴刀往弟弟头上猛砸了几下。既然合并问题给孩子们都带去了负面影响，那么尽早解决便成了民心所向。

（引自互联网战后史相关资料《昭和的黑暗面》）

目录

第一话　阳奈子的记忆

1

（二〇〇二年六月二十六日　周三）

“那你今天几点回家？”

母亲的声音从饭桌另一头传来，话里并不带刺，态度亦不粗横，但这种问法还是无意中带着几分嘲讽。

“不知道。”我回答。

桌上并排放着酸奶、牛奶炒鸡蛋和吐司面包，然而我只往嘴中送了一勺酸奶便站了起来。

“你在减肥吗？真是的，最近的姑娘啊……”

说话的是外婆。她正熟练地用叉子把炒鸡蛋扒拉到一起，吐司面包也吃到了第二片，酸奶则已经享用完了。而她的气色仿佛和食欲一般越发年轻，表情中透着一股气场，非要说的话，是属于难以接近的严肃感，不过她的容貌还是非常端正的，眼、鼻、口都偏大，五官仿佛利落地汇聚在一张小巧的油画布上，还长着一张轮廓分明、漂亮到让人羡慕的鹅蛋脸。

这或许就是血缘吧。我一会儿看看母亲，一会儿又看看外婆，只觉母亲完美地继承了外婆的长相。可是这份血统似乎并没有遗传给我。

我长得和母亲一点都不像。

“我这张脸是像谁呢？”

我一边编着头发，一边对镜中的自己喃喃低语。今天状态不错，只一次便搞定了发型。其实通常情况下我都得反复弄上三次才行，所以眼下我的心情略为放松。“好嘞！”我稍稍给自己鼓了鼓劲，接着把樱花粉色的润唇膏抵在了唇上。

——倒是有个说法叫‘隔代遗传’，那么我可能是像某位亲戚吧？

说起来，我好像曾听亲戚讲过这样的话：“你和……真是一个模子里刻出来的呢。”

记得当时是一场葬礼，也可能是法事。嗯……是个什么集会来着？总之好多人都穿着黑衣服，还有一堆高档酒菜……

我再次搽起了润唇膏，唇上的樱花粉色越发明显。其实我想涂更鲜亮的颜色，毕竟樱花粉和绛紫色的西装校服外套真的不搭……对了，玫瑰红倒是和绛紫色很般配，我上周就在美妆药店里买了一支玫瑰红色的口红，然后藏在抽屉深处。它一定很衬我这一身打扮。

可是我受到的监视越来越严密，母亲和外婆两人正并肩站在玄关口等着我。她们不会直接开口说三道四，但会用双眼把我打量个遍，每一处细节都不放过。如果我涂上了新买的口红，那么终究会被这四道视线发现。于是我暗暗咬住了嘴唇，飞快地穿上鞋子。

“我出门了。”

“走好。”

把上述话语写成文字来看，只是再平常不过的对话，却不知为何总有一种异常沉重、冰冷的感觉，令人郁悒。

最后，我飞快地瞥了一眼母亲的面庞，她似乎有话想说。而我则打开了大门。

+

“我收到同学会的邀请函了。”

我打开折成小块的纸片，它是从笔记簿上撕下来的，上面用紫色墨水写了这么一句话。

纸片来自坐在靠走廊那一列最前排的惠麻，把它传给我的则是坐我后头的“班长”。

“同学会？初中的？你去吗？”我在纸片的一角回复道。接着借助尺子将它裁得方方正正的，随后用我和惠麻两人一起想出来的折纸法把它折得小之又小，再传给后座的“班长”。几分钟后，纸片在教室里转了一圈，总算到了惠麻手中。她的视线越过好几人，直看向我，我也轻轻点头回应。

其实直到黄金周之前，我和惠麻交流时只要互发手机短信就行了，根本不用搞得这么麻烦。当然，学校不允许学生带手机，可我们还是会若无其事地在课堂上发挥自己擅长的盲打技术，享受“信”来“信”往的乐趣。只不过在黄金周期间，我们有点疯过头了，闯的祸被曝光给了家长和学校。尽管借着“五月病”[1]的由头，我们得到了宽大处理，没被停学或退学处分，不过这也并不意味着我们能免于任何惩罚。最终，我和她的座位被拆开了，外婆甚至没收了我的手机。

话虽如此，但“五月病”这说法……

1　起源于日本。由于日本新财年新学年都是四月份开始，新人进入学校或者公司之后鼓足干劲儿工作或者学习一个月之后，立刻会经历四月底五月初的长达一周左右的日本黄金周假期，收假后当初的干劲儿已经消失，当初设立的目标却无法立即实现，因为理想期许和现实的差距，还有人际关系也没有达到预定状态，而产生的厌倦、易疲乏的情绪问题。在日本的上班族中比较普遍。心情压抑、焦虑、兴趣丧失、精力不足、悲观失望、自我评价过低等都是五月病的常见症状，有时很难与一般的短时间的心情不好区分开来。——译者注

我用自动铅笔的笔尖在桌面上用力蹭涂。

我们只是在街上晃的时间晚了点而已——没错，就只是运气差了点而已。居然会有穿着制服的警察在那个当口过来。

惠麻说的运气不好是指地点。因为我们在那天换乘了好几辆电车，远赴池袋，然而倒霉的是，我们走到了一条“搭讪街”上。

“嗯，时间点也很糟糕。”我答道。

那里有两个看似上班族的中年男子，炫耀似的拿着小型提包和手机，还缠上了我们。

“三万日元怎么样？”

男人张开油腻的嘴唇说道。而我在听到这句话的瞬间，仿佛全身漏了气，自尊心和紧张感都从中流失了。我一脸恍惚地看着他。

“大家都在做这种事哦。”

烟味和烤肉味混合在一起——这是这位男性说话时呼出的气味，令人作呕。

大家都在做这种事吗？

我心中疑虑的同时，重新环顾了一下教室，只见室内共有二十七名女高中生，大家按规定扎着低低的双马尾辫。

铃声宣告着午休的开始。我服从号令，毫无干劲地离开座位。

“我不去参加同学会。”

惠麻没有说下去，她把火腿三明治从嘴边拿开，随之若无其事般地嘟哝了一句，语气淡得就像在说“今天看着要下雨”似的。

我往窗外望去。其实现在才刚过中午十二点，可是天色已经暗沉得犹如黄昏，看起来会有一场雨。无数细小的颗粒飘浮在咖啡色的空气中，仿佛变形的水滴。

“怎么可能去哦！”

惠麻重新拿起三明治，咬了一大口。留在三明治一角的咬痕显示出她的牙齿有多么整齐。

我们从三个月前开始互动，也就是自从兰圣学园高中部入学仪式起便处在一起了。这所学园以实行由小学起一路至短期大学的一贯式教育而闻名，本来学生只要通过它的小学入学考试，即可一路直升上去，就像坐厢式电梯一样。但另一方面，兰圣的初中部和高中部也会在某些年份通过考试来招收外部学生，我和惠麻即是经入学考试进入这里的高中部的。我们这一届共有二十六个“外来生”，其中被分到这个班的却只有我和惠麻两人。

当时我心里特别不踏实，打量着四下的环境，而惠麻则用强势的眼神挑衅地观察周围，于是我们二人一下子便发现了对方的存在，就像是磁铁遇上了铁矿那般，彼此都被对方所吸引着。惠麻说这种状态叫作“相互依存”。

确实，我们正是“相互依存”的状态，既寄生在对方身上，同时又保护着对方。但这在一定程度上其实是一种战略和智慧。毕竟我们周围满是敌人。或者说，我们就好比是在赤手空拳的状态下硬要对敌阵展开进攻。既然情势如此，那么为了能在高中三年间“存活”下来，共同作战便必不可少……我和惠麻最初便是这样捕捉到这份友谊的。

而现在，我们却能感受到对方是自己真正的朋友。

因为我俩有很多相同之处，比如我们本人都算不上是特别想来兰圣学园，可家人们却极力推荐这里，又比如我们的妈妈都是兰圣的毕业生。

即是说来这里上学并非我们自身的意愿。要是我们坚决拒绝家里的建议，表示自己“就是不想去兰圣”，其实还会有其他的出路，只不过我们也找不出这个“其他”是什么。

总之，我们两人“总是很容易被人牵着鼻子走吧”——这句话又是谁提出的呢?

“说是要开同学会……可开那个干吗呀？”惠麻说道。

吃完三明治，她又粗暴地拆开了咖喱面包的包装袋，继续讲了下去。

“我们初中毕业才三个月，有什么好怀念的？”

随后，惠麻把咖喱面包往嘴里塞。

“其实我本来就很讨厌自己初中时的那个班级。”

她的胃口可太好了，我哑口无言地盯着她看。她的课桌上还有肉酱派、华夫饼和布丁等着上阵。

“我这是暂时性过食症，早晚会恢复正常的。”

惠麻笑着自我分析道。

即使号称“暂时性”，我还是觉得这个“暂时”持续得过久了些。但惠麻纤细的体型丝毫没有受到影响，真让人羡慕。我像松鼠般“咔哩咔哩”地啃着固体营养食品，同时望向惠麻那正在进行咀嚼运动的下颚。

惠麻上上周跟我讲过她备感焦虑的原因，她说：“我妈有男人了。”

由于她的语气实在太过随意，我没能立刻理解这句话有多重要，所以也轻松地回了一句：“你妈妈要再婚了吗？”因为我知道她的父亲已经不在人世，如果她母亲再婚，我反倒认为是个好消息。然而我们刚聊完，学校便公布了期中考试成绩。我一看到惠麻的分数，胃就痛了起来，简直像我自己考砸了似的。她的年级排名比刚入学进行摸底考时下降了三十三位之多。

“我没把考试结果当回事啦，反正我完全没在学习。”

我怀疑她是在故作坚强，也可能是把母亲有了男友当作排名下滑的借口，但事实并非如此，她似乎是真的不在意成绩。她开始口吐恶言，给我一种她现在根本没闲工夫去管那些鸡毛蒜皮的感觉。

“我妈以前什么都跟我说，牢骚也好，别人的坏话也好，甚至还会分享成年人的秘密，真的是什么都说。因为她的教育方针就是‘希望和孩子建立起无话不谈的友谊’。居然想建立友谊哦，好蠢。”

惠麻说着说着，修整得干干净净的眉毛便拧紧了，还不时抽搐几下。

“我才没想跟那个女人成为朋友呢，因为她终归是我妈啊，我想要的是一个靠谱又有威严的母亲。你也是这样吧？”

嗯，没错，我也是这么想的。我希望父母一直都好好地担任父母的角色，才不期待从他们那里获得友谊呢。“朋友”在外头想交多少就有多少，亲子关系却只能与父母构建。但话虽然如此，我家可能出了点差错，家长们对我介意到不正常，冷淡到不正常，亲昵到不正常，又在奇怪的地方让我见识到差不多可以算“家长的威严”的东西。而我对他们则没有任何畏惧或尊敬。

我分析过自己之所以会如此断定，原因肯定是出在外婆身上。她把我母亲当成孩子对待，拜此所赐，我母亲就跟孩子似的爱哭，完全感觉不到她有身为人母的自觉。

“所以说，她是对自己的人生没有自信，才会让孩子听她找的借口。这么一来她倒是安心了。从某种意义上说她也挺可怜，她根本就不成熟。”

惠麻的双眉仍旧一跳一跳的，她继续骂道："但做孩子的肯定有不想知道的事情对吧？谁想知道自己妈妈迷恋一个男人时是什么样啊？我才不想听，可她还是跟我说这说那的，比如对方是个怎样的男人啦，她是怎么被追的，他们是怎么见面的。归根到底，那女人就是软弱啊。想让别人听她说话也是没办法的。但她只考虑自己的事情，根本不管别人知道这些事之后会怎么想，反正她能一吐为快就满意了。真狡猾。而且还觉得凡事不藏着掖着的自己是全世界第一大好人。真是差劲透了。"

所以我才会喜欢惠麻。她能用流畅的语言说出那些难以表述的事情。我有些陶醉地凝视着她的嘴唇。

"不过我也很窝囊呢。结果还是噼里啪啦地说着自己的家务事，打算由此来获取平衡。我很烦人吧？"

才没有这回事。我用眼神答道。

"我也觉得很不可思议。毕竟我绝不会把这些告诉自己的挚友。可为什么就能对你说出口呢？"

挚友——

惠麻有时会在我们的对话中提到这个词。当然，"挚友"不是指我。而每到这时，我的喉咙深处就会阵阵发紧，生出一种灼痛感。

那是惠麻曾经的挚友。

她和那位挚友的关系到底有多好呢？她们之间现在又如何呢？

我虽然才认识惠麻三个月，却还是有种挫败感。因为我好像输给了那位挚友。

“……惠麻，你初中的时候是什么样的？”

我不知不觉就蹦出了这样一个问题。

“啊？”

惠麻把送到嘴边的肉酱派重新放回课桌上。

她的嘴唇轻轻撇了起来。

这莫非是个禁区？她并不想让我知道自己初中时期的宝贵回忆吗？

“没事没事，当我什么都没问。”

我急忙把抛出去的话题往回拉。

“你想看吗？”

“嗯？”

“你想看我初中的毕业相册吗？”

“……能给我看吗？”

“可以，要不今天来我家吧？我妈应该不在。”

她似乎想结束这个话题。

一股紧张感从我体内流过。这是我第一次去惠麻家。

风变了向，湿润的空气从窗口涌入，混杂着海潮的气息。

这里距离大海大约一公里。

相模湾的波光从我的眼睑上闪过。说起来，最近都没去海边呢。

从学校坐公交车去惠麻家大概要二十分钟。那里有一座山，从山上望出去，即能将相模湾的海景尽收眼底。半山腰建了一个新兴住宅区，她家就位于住宅区的正中位置。开发时间是十年前，我对那段往事还记忆犹新。

那时候，我有一次因为感冒请假在家，没去上幼儿园。母亲一言不发，只顾着看报纸，我则不知为何就是想待在她身边，于是便盯着她从报纸中抽出来放在一旁的传单，尽管我根本看不懂那上面的内容。而其中我看得最久的便是分块出售这片住宅区的宣传页。

我没由来地换用另一只手提书包，并开口道："这里叫作'新天堂小区'吧？"

"什么？"

惠麻看着我，然后过了一会儿，她的视线又飞向和话题毫无关系的方位，继续道："新天堂小区……这名字好尴尬啊。"

我也随着她的视线望去，只见是一片橙色的多头月季，花色已经有些衰退了。

那是惠麻家的车库。

“她果然又出门了。”

惠麻叹了口气说道，声音中透着无力感。随后，她又恢复了平时的麻利，在书包中翻找着什么。

“‘新天堂’吗？……从某种意义上来说，这里也许还挺符合‘天堂’这个词的。”

她找到钥匙，再次看向我，一脸意味深长。

“怎么了？”

“天堂，就是天国哦。”

“天国……”

是啊，这里确实很美。我环视了一下四周，感觉简直就像置身于法国南部。

其实这里原本就是作为度假胜地来开发的，因此每家每户都漂亮得堪比民宿。四周百花盛开，仿佛水彩画。风儿送来了甜罗勒的芳香，放眼望去，便能看到相模湾。

“不，我说的不是你想象中的那个‘天国’。”

惠麻笑着说道。

“什么意思？”

“一旦住在这里啊，家里就肯定会死人。所以才号称是‘通往天国的街区’嘛……”

“肯定会死人？”

“我家的话，妈妈流产了，然后爸爸也死了。”

我心里想着话是没错，却不知道该如何回应才好，便看向缠绕在玄关前的花架上的铁线莲。

“还有哦，”惠麻把玩着钥匙，接着往下说道，“听说在这一带还是山林时，有人发现了尸体呢。”

“你说的难道是——”

“惠麻！”

我的话被引擎声和女性的说话声打断了。我一看，只见一位丰满的女性把车窗降到底，向着我们挥手。我立刻明白了，这是惠麻的妈妈。她们两人的酒窝长得一模一样。

“这位同学是不是——”

惠麻的妈妈一下子便说对了我的名字。

不管怎么说，惠麻也同样会和她妈妈讲起各种事。

我摆出平时攒下的笑脸，向惠麻的妈妈点头行礼。

“初次见面。”

“听说你妈妈也是兰圣学园毕业的？”

惠麻的妈妈一边把磅蛋糕和冰茶放到桌上，一边向我提问。我把她递来的冰茶往自己面前挪了挪。

“是的。”

我的指尖沾到了杯壁上的水珠。

“你妈妈是哪届的学生呀？我说不定在学校见过她呢。”

惠麻的妈妈缓缓地眨着眼睛，笑意让她的酒窝更加明显。

“她说自己是第六十七届的。”我特意放低了声音，淡然地答道。

“第六十七届？那就是在一九八〇年念高一的。哎呀，真可惜，那时候我已经毕业了。”

惠麻的妈妈说完，便盯着我的脸看了一会儿。

“你家……”她的语气仿佛在逗小娃娃的保育员，“你家是不是开料亭的啊？”

“嗯，虽然规模很小。不过那是很久以前的事了，现在已经不再经营。据说在我出生后，家里便立刻把生意停掉了。”

“果然……我一听到你的名字，就想着难不成……”

“……”

我无言以对，但也只能保持微笑，用吸管在玻璃杯中拼命乱搅。

“结果确实是你家呀……”

惠麻的妈妈用看可爱小动物般的眼神看着我。

“您知道当时那件事吗？”我一脸童真地回问道。

“当然啦，因为很出名嘛。你也知道？”

“嗯……多少会听到一些。”

她的目光带上了更多同情：“……总有些人，说话就是不经考虑。”

“毕竟我们镇子小。”

“现在呢……你家现在从事什么样的工作呀？”

“出租公寓。”

“哦。”她的酒窝消失不见了。

我把手伸向玻璃杯，然后将冰茶一饮而尽。杯中的冰块还老老实实地发出了“咔唧”声。

“换作我是你妈妈的话，就不会让你进兰圣。毕竟有人到现在还记得那件轰动一时的大案呢，是吧？”

“我家从曾外婆起，每一代都在兰圣接受教育，所以外婆极力推荐我去那里念书，总说希望我能顺利毕业。”

“原来如此……确实，兰圣学园是一所历史悠久的学校，我们这里的女孩子都很向往那身校服。尽管以前有过一些不好的传闻，但做家长的果然还是会希望自家女儿进兰圣呢。”

一些不好的传闻……

我一边想着，一边用叉子从磅蛋糕的一头剜下了一块，却没有送到嘴里。

“抱歉啊。”

我和惠麻一起走在通往公交车车站的路上，谁都没有开口。这时她轻轻地打破了沉默。

“怎么了？”

看到车站，我稍稍加快了脚步。

“我失算了，我妈居然回来得这么早。”

骗人，发现车不在车库里时，有点失望的是谁啊？我很想这么对她吐槽。

“但是我玩得很开心呀！”我笑着蒙混过去，“还听到了各种故事呢，比如我们的年级主任现在那么衰老，可以前却是个美男子。”

后来惠麻的妈妈跟我说了好多兰圣学园的事，对她而言，兰圣就像是一个装满了闪亮回忆的宝库。她甚至还拿出了旧照片回顾过去，整个人看上去都洋溢着快乐。

“惠麻，你和你妈妈长得好像啊。”

我其实十分清楚惠麻的想法，但还是这么说了。

“我才没那么胖。”

如我所料，她的表情扭曲了起来。

“而且我又不是那种黏人的性格……还是说我也很黏人？”

惠麻不安地窥视着我的脸。

“没有，惠麻，你是个好女孩。”我回答道。而后又加上了一句“我最喜欢你了”。不过我既没有撒谎，也不是在说奉承话。这是我的心声。

“我说啊……”惠麻把脸颊贴在了我的肩上，开口道，“下次再来玩吧。我真受不了和我妈相处。”

她的呼吸很无力，我牵过她的手指，把它们顺进我的指缝中。

“但是，你很喜欢你妈妈吧？”

听我这么问，她的手指微微动了动。

“嗯，所以才会特别郁闷。”

“我总觉得……能明白你的感受。”

到车站了。不过看看公交车时刻表，我们发现上一班车刚刚开走，下一班还要再等二十分钟。这时我们正手牵着手，而她使上了一点劲儿，握紧了我的手。

“毕业相册。”

“嗯？”

“我忘记给你看初中毕业相册了。”

“对哦。”

我已经完全不记得这件事了。又或者说，她从一开始就没打算给我看吧？看样子我猜中了。惠麻勾住了我的手指，小声嘟哝道：“你初中的时候……是什么样子的？”

“咦？我吗？”

“有很多朋友吗？”

“嗯——差不多吧。”

小唯、爱子、奈奈子、小惠，我经常和她们四个同进同出。毕业典礼那天，我们聚在校园的一角，哭着依依惜别，说就算上了高中也绝对要一起玩，无论何时都要在一起，要发短信，还说我们永远都是一个整体。

然而毕业后我们五个便再也没见过面。直到上个月还频繁往来的短信也几乎停止了。

算了，反正女生之间的友谊就是这么回事。

……但是惠麻呢？我和惠麻之间的友谊也会在高中毕业的同时就清零吗？

“……我们要一直像现在这样哦。”惠麻边说边握紧了我的手，“要一直做好朋友哦。”

我也用力回握着她的手：“当然啦，我们永远是朋友。我可是贴身带着你给我的‘友谊天长地久的证明’呢，它现在就藏在我的书包里。”

“哦，你说那个啊……要保密呀，这是我们俩之间的秘密。”

“我明白。”

时间已经是傍晚六点了，天色明显暗了下来，由明转暗的整个过程就像是快进播放的影片一样。可公交车却还没来。

远处传来了低沉的声响，十分刺耳。

咚——咚——咚——咚——

“你知道吗？这座山的对面有一家度假酒店。”惠麻低声说道。

“知道呀，新天堂酒店对吧？”

“现在好像有施工队在拆除那家酒店。”

“是吗？可它没这么旧吧？不是和新天堂小区一起建起来的？”

“你说的是新楼，旧楼大概是明治时代末期的建筑了，老化得挺厉害呢。”

“原来如此。”

“对了……”惠麻看着我，眼神里没什么把握，“等放暑假了，我们好好玩一下呗？”

“还是先过考试那关吧。”我笑了。

“话是这么说，但现在开始计划起来又不亏，做计划的过程可开心了呢……我啊，在做计划时最快乐了，甚至光靠它就能获得满足。”

惠麻的嘴边漾起了酒窝。

“……确实，做计划肯定特别快乐。”我答道。

“我就说嘛。”她笑得更欢畅了，“到时候我们去迪士尼乐园吧，涩谷也要去。这次还要去一趟玉川上水……哎呀，公交车好像来了。”

惠麻突然抬起了头。我也确实听到了引擎的低鸣声。那是公交车从这座陡坡上缓缓驶下时的声音。

我们的手还牵在一起，我悄悄放松了手上的力道，但惠麻却不让我把手抽走。接着，她仿佛是要揭晓某个秘密一般，在我的耳边悄声说道：“嗳……实际上给我寄初中同学会邀请函的人是——”

然而，公交车的引擎声完全盖过了惠麻的说话声。

+

晚上，我接到了一个意想不到的电话，是惠麻的妈妈打来的。

一开始接电话的是外婆，换我接听后，她还在我背后一瞥一瞥地盯着我，很像是在监视。

“抱歉呀，这么晚还给你打电话。”

惠麻的妈妈一上来就按礼仪向我致歉。我看了看钟表，现在差不多是十点零五分。

“……请问您找我有什么事？”

我心中莫名忐忑，说话声都带着颤抖。

“我几乎每天都会听到惠麻说起你哦，说你是她重要的朋友。”

“……是的。”

“我很高兴呢，今天也是，谢谢你能来我们家玩。”

“……嗯。”

“所以我想你应该能阻止惠麻。”

“……您指什么？”

“我不知道该找谁商量，其实我一直一直都很烦恼……我根本看不透她，完全就不明白她在想什么，所以你今天过来，我是真的很开心。”

惠麻的妈妈翻来覆去说着同样的话，而且声音尖锐，口齿不清。大概是喝醉了吧？

“对不起啊，我心里很不安，想排解一下情绪，就喝了点酒……不过没事，我没醉，我的头脑还是很清醒的，所以才给你打电话……拜托了，请阻止这孩子。”

“可您要我阻止什么呢？”

“惠麻上初中的时候……发生过一些事情。你听说过吗？”

“发生过事情？我不知道啊。”我的心跳加速了，并换了只手握住听筒。

“是吗……不过没关系。”

此时她稍稍调整了一下气息，可是呼吸还是很急促，咬字也相当奇怪。随后，她仿佛被什么催着似的，说话完全不带停顿。

“惠麻好像还没放下那些事，我在她的抽屉里发现了她的笔记簿。”

“笔记簿？”我总算插上话了。

“……那本簿子上写着杀人计划。”

“杀人？！”

话刚出口，我便猛地回头确认了一下背后的情况。外婆已经不在那里了。毕竟她习惯晚上十点半上床，看来是回卧室了。

“杀人计划？”

我试着重复了一遍。

“是的，杀人计划，目的是要肃清班里的同学们。”

“怎么可能？”

“是真的。”

“她只是一时恶作剧吧？”

……没错，不过是幻想而已。惠麻在聊天时，有时也会聊着聊着就会不知不觉地陷入自己的世界。这时她多半是在幻想。而且她很喜欢推理和恐怖故事，因此会看这些类型的小说，还会把内容描述得犹如自己的体验。所以——

“我也是这么想的，于是就放着没管。但她其实在筹备同学会。”

“咦？筹备同学会？惠麻吗？”

可她说自己是收到邀请函的一方啊？

“……那本笔记簿里也写了要在同学会上实施肃清计划……”

“什么？那个同学会是惠麻策划的吗？”

“嗯，是的，她都准备好了，好像连邀请函都发了。我家正陆陆续续收到回函。”

“是怎样的计划呢？”

“你知道氢氟酸吗？”

“氢氟酸？那是什么？”

“一种危化品。手上哪怕只沾到几滴氢氟酸的飞沫，肉和骨头也会被腐蚀掉，如果放着不管可是要出人命的，它的毒性就是这么强啊。即使获救，也必须把沾到氢氟酸的坏死部分全部切除。”

“……请问这种剧毒怎么了？”

“她在笔记簿上写着，计划使用氢氟酸把来参加同学会的人都杀死。”

“但那个氢氟酸是很容易弄到手的东西吗？”

“计划里连上网买氢氟酸的方法都写了。”

“网上居然能买到这么危险的东西？”

“好像可以。”

“那么，她要如何把氢氟酸——”

2

（二〇一四年六月二十五日　周三）

“老师……柏木老师。”

感觉到有人正在晃着自己的肩膀，阳奈子浑身一颤。

呃，这是哪里?

映入眼帘的是电脑显示器、眼看着就快坍塌的杂志堆，还有五颜六色的笔以及素描簿上的漫画原稿。

啊，对了，这里是我的工作室。我不知不觉就趴在桌上睡着了。

“柏木老师，您还好吧？”

说话的人是小林女士。她今年三十八岁，比阳奈子年长十岁，离过一次婚，现在独自带着孩子生活，从上个月起过来协助阳奈子工作。尽管只是个临时助手，可是最近却给人一种她已经把握住了主导权的感觉。她原本好像也是漫画家，而且还给名家泰斗当过第一助手，因此便将当时的工作方法充分运用了起来……话虽如此，这里毕竟只是旧公寓楼里的一户出租房罢了，从吉祥寺站步行过来需要二十分钟。就算小林女士能像利索的职业女性那样全程走得英姿飒爽，实际上阳奈子却要靠这仅有四叠[1]半大小的场地来大幅削减预算，所以工作时很容易磕碰到。不知是出于压力还是不满，这几天来，她以“我以前的职场如何如何”为开端的“小林式语言”是越说越起劲，搞得其他助手都一个接一个地向阳奈子发了点牢骚。

昨天也是如此。这里的老助手森本先生说：“被她这么管着，到底谁才是第一助手啊？”说起来，其实森本先生也并非第一助手，不过他本人却是这么认定的。在小林女士还没来这里工作时，森本先生包揽了从人力管理到准备伙食和备用品的全部事务。而他亦比阳奈子年长，对自己能够支持年轻漫画家一事相当自负。

说真的，好烦人啊。阳奈子一边这么想着，一边缓缓地把视线投向四周。

今天来了三个助手，可能是由于距离截稿时间尚有一阵子，工作的氛围还算平稳。但两天后还会有两位临时助手过来，届时工作室将变作惨烈的战场。惨状一般持续三天左右，其间根本没法睡觉。即使顺利完成任务，她也依然要在交完稿子的当天便马不停蹄地画下一话的分镜稿。

“老师，您真的没事吗？脸色很糟啊。”小林女士再次询问。

“哦……我只是有点睡眠不足。”

1　日本房间的计量单位，一叠等于1.62平方米。——译者注阳奈子说完便后悔了，六道诉说着自己同样睡眠不足的视线飞了过来。不过说“没睡够”也确实不假，这几天她都睡得很浅，就算睡着了也会被噩梦惊醒。

肯定又是那个梦。是关于阳奈子高中时期一个同班女生的梦。那个女生叫作“惠麻”。

可她怎么都想不起“惠麻”的姓氏，对方的长相也仿佛被打了马赛克似的模糊不清。她甚至完全不记得惠麻身上发生过什么事。

或许是因为高中生涯对阳奈子来说，并不怎么美好。

她当时就读于家乡的名门学校——兰圣学园高中部，然而却无法适应那里的校风和人际关系。为了打发那些让她无所适从的时间，她在午休时分和放学之后都泡在图书馆里，把馆内的藏书差不多读了个遍。结果到高二结束时，她已经无书可读了。而当她意识到这一点后，便开始在笔记簿的边边角角处涂鸦。然后涂鸦变成了插画，又变成了漫画。由于这段经历和她现在的工作有关，所以那让人厌恶的三年时光倒还算是有点意义吧。

高中毕业后，她去东京念了大学，再也没有回忆起兰圣学园。这九年来，兰圣也几乎从不联络她，似乎像她这样考去了其他大学的学生无甚价值。

但就在几天前，一份同学会的邀请函从阳奈子的老家转寄了过来。她悄悄打开抽屉。

敬启

谨祝各位日益康泰。

我们将举办一场同学会，具体时间地点请见信末。

通过这场聚会，希望久违的朋友们，可以一边谈论近况，一边彼此重温旧谊，加深感情。

特此邀请，还请各位尽量出席。

敬上

时间：六月三十一日

地点：新天堂酒店

大概就是因为这场拟定于六月三十一日的同学会，阳奈子才会失眠。

从收到它的当晚起，她就不停地梦到自己的高中时代，而且还都围绕着那个叫作惠麻的同班同学。

阳奈子确实有这么一个同学，是通过招生考试从外部考进来的。

但她无论如何都想不起惠麻。这个惠麻后来怎么样了？

“氢氟酸。”

阳奈子闻声回头，只见小林女士拧着上半身，面朝电视机。

电视里正在播放午后新闻。

“氢氟酸……怎么回事？”阳奈子问道。

小林女士有些得意地复述着新闻：“一位女性因为接触氢氟酸而死亡……死者二十八岁，和柏木老师您同岁呢。这么年轻……真可怜。”

“死者是一名二十八岁的女性，住在镰仓市，名叫大崎多香美。当时她正在睡觉，却因剧痛而醒来，叫了救护车，可还没等到医护人员到场，她便死在玄关口。大崎女士的双手均坏死，根据死状推测，死因是剧痛导致的休克。之后通过调查得知，她双手坏死的原因是氢氟酸，但目前尚不明确她是如何接触到氢氟酸的。”

+

大崎多香美……婚前叫作本田多香美。在同学会邀请函转寄过来的当天，我接到了她的电话。

“邀请函已经送到了吗？”

“你是哪位？”

“我是在兰圣学园和你同班的大崎多香美。”

“大崎？”

“我的旧姓是本田，本田多香美，就是那个特别不擅长拒绝，所以老是被推着当班长的本田多香美。我的绰号就叫‘班长’。”

“班长？啊……是多香美同学？”

“对！不好意思，突然打电话给你。你很忙吧？”

“嗯，是蛮忙的……不过你怎么知道我的电话号码？”

“我联系了你的老家，是你祖母给的。”

“哦……原来如此。”

“你最近不回老家看看吗？你祖母很寂寞呢。”

“唉，有各种事要忙。”

“你现在在哪儿住？”

“吉祥寺。”

“吉祥寺？哇——好棒呀！是日本人‘最想居住的街区’啊。”

“说是这么说，但从我这里去车站可得走上好一段路。”

“阳奈子同学，你现在真的很活跃呢，你的漫画卖得很好吧？还要改编成电视剧吗？”

“嗯，还行吧。”

“因为你擅长画画嘛，头脑也聪明。”

“没这回事啦……”

“我就只是个一无是处的全职主妇。当年从兰圣的短期大学毕业之后，我去了东京的商社上班，却总觉得自己不适合那份工作，于是选择了婚姻，跟逃避似的。现在非常后悔。前年我生了我家老大，是个男孩，不过全职妈妈们之间的社交简直一言难尽。比起现状，上班真是要好上不知道多少倍。”

“……这样啊。”

“但总之吧，我丈夫是个实业家，所以年收入还说得过去。然而考虑到小孩子，就会希望他能再多挣点了……阳奈子同学你挣得很多吗？”

“……没有没有。”

“我听说畅销漫画家的收入都上亿了……你也是吧？”

“怎么可能啦……”

“而且你挣来的钱都是自己的哦。你还没结婚吧？”

“雇人和取材都要花钱，我年年赤字。”

“又这么说……那你不是还穿着很上档次的衣服吗？”

“啊？”

“其实我直到最近才知道你特别活跃呢。你前几天上电视了吧？是一个谈话类节目。我立刻就认出你来了。当时我真的很惊讶，所以希望你务必来参加这次同学会。当然，我又被推出去组织啦，和以前一样呢，这种任务肯定都会压到我身上来。不过我毕竟是少数留在家乡的人之一嘛，这就没办法了。话说，这次同学会正好碰上兰圣学园创立满一百周年，会办得相当隆重，估计能号召到上千名毕业生来参加吧……所以阳奈子同学你一定要出席呀，我作为和你同届的学生也觉得很自豪呢。”

“可是……”

“你当然会来的，对吧？”

“我都说了……”

“地点是新天堂酒店，就是建在那座山上的度假酒店，你还记得吗？”

“新天堂酒店……”

“你忘了吗？我们当地有一座山，半山腰上建了一个新兴住宅区，在那里可以看到相模湾的全貌，从我们学校坐公交车的话，二十分钟左右便能到。新天堂酒店就是建在它旁边山上的度假酒店。在学年末上餐桌礼仪课时会去那里吃法餐。”

“哦对，但那家酒店不是拆了吗？”

“我也是这么以为的，不过听说拆除要花钱，所以就搁置不管了。然后一家外资连锁酒店好像收购了它，现在弄得可漂亮了。”

“……原来是这样啊。”

“对了对了，上餐桌礼仪课那会儿，端出来的甜点居然是一整只苹果，太差劲了。那真是我第一次也是最后一次用刀叉来吃整只苹果……作为主食的烤牛肉倒是很美味，你吃的时候也面带微笑呢。”

“……是吗？”

“我拜托酒店，在我们开同学会的时候也请准备这道烤牛肉，所以一定要来呀。”

然后就到了今天。

多香美同学，你和我通电话的时候还那么精神，之后到底发生了什么呢？

阳奈子摩挲着上臂，往天桥上走。

听到那条新闻报道，她有一种坐立不安的感觉，撂下一句“我要去喂猫，稍微离开一会儿哦，麻烦你们画背景”后，便只拿上钥匙就出门了。

她自住的公寓和她租来做工作室的公寓仅隔一条马路，步行只需一分钟左右。

每当这种时候，去呼吸一下外头的空气是最好的，她必须放松一下自己的大脑和身体。

然而今天的天气不尽如人意，她离进入放松状态还远得很。

无数没能凝成水滴的细小颗粒飘浮在咖啡色的空气中。

阳奈子听到上方有笑声传来，大概是女高中生们吧。附近有一所高中，这个时间段会有许多学生从校门口涌出来，其中总有几十人要过天桥。

可眼下的她更在意刚才的新闻，但这也是无可奈何的。

多香美同学……死了？多香美同学吗？难道……和“六月三十一日的同学会”有关？

+

起初，阳奈子觉得自己的身体浮起来了。但下一刻，她便感到天旋地转，仿佛处在猛烈的晕眩之中。

她过了一会儿才明白自己陷入了怎样的状况。

她摔下来了，从天桥的楼梯上摔下来了。

她只记得自己还差三格楼梯就能上天桥了，却察觉到背后好像有人，便扭身打算避开来人。

谁？是谁在喋喋不休的？小林女士！这不是小林女士吗？怎么了？漫画呢？我拜托你们负责的背景都画完了？我说啊，小林女士——

接着，高中生们开始骚动了。

“糟糕，真的假的？”

“有个女的从楼梯上摔下去了。”

“怎么办？怎么办？”

听到这些声音，阳奈子脑中最先出现的是“羞耻感”。女高中生们都很残酷，她觉得她们肯定看着自己难堪的样子，指指点点地笑话她。可能还会把她拍下来发到网上去。

总之我必须立刻离开这里。

阳奈子抬起头，准备爬起来，却看见一片鲜红色的海。

“鲜红色的海”？这是什么老掉牙的说法，要是我在作品里使用这种表达方式，会被负责我的编辑老师退回来的。

她脑子里还想着这些，可眼前却瞬间转黑。

之后便只能靠听觉了。

她以为自己在听广播剧，一切都仿佛发生在一个遥远的世界里，毫无现实感，和她本人也毫无关系。

“叫救护车！”

“还要报警！”

“怎么办，血完全止不住！”

“她还有气吗？”

“救护车快来啊！出大事了啊！”

“啊，警察来了！”

“你听得见吗？能动吗？发生什么了？”

“她是从天桥楼梯上摔下来的。”

“你们是目击者吗？”

“是的，我们看见了。”

“是被人推下来的吗？”

“不知道，等我们注意到的时候，她已经摔下来了。”

“听得见吗？我们是警察，请问你叫什么？”

3

我的……名字？

我的……名字是……

“阳奈子同学，怎么了？”

“嗯？”

“你一定要集中精神，才能把苹果切好。”

阳奈子定睛一看，只见白色的盘子上有一整只苹果，而她的手里则分别握着刀和叉。

她环视周围，发现自己似乎置身于一家餐厅之中。

室内成排地摆着许多圆桌，桌上铺了白色的桌布。

但每张桌边都空无一人。

“大家好慢哦。”

从刚才起便只有这一名少女来向她搭话，可她却看不清少女的脸。或许是因为灯光的关系，虽然能大致瞧见对方的轮廓，但完全无法把握五官的细节。

“唉，也可能是我们来得早了些。现在还没到六月三十一日呢。”

“……抱歉……你是哪位？……我这边看不太清。”

“我？讨厌啦，你不记得我了吗？我是班长啊。”

少女的面孔突然出现在阳奈子面前。

那张脸很面熟……

对哦，确实是班长。

“班长？但是你已经……”

“啊，等一下，有声音，你听见了吗？是脚步声。”

“咦？”

“好像有人来了……原来还有个急性子呢。是谁呀？咲穗，结衣子，还是雪乃？”

“……怎么回事？这里是什么地方？”

“不就是新天堂酒店吗？”

“新天堂酒店？”

“哎，你觉得这是谁的脚步声？你觉得……这次死的是谁？”

第二话　凛子的选择

“啊，等一下，有声音，你听见了吗？是脚步声吗？”

“咦？”

“好像有人来了……原来还有个急性子呢。是谁呀？咲穗，结衣子，还是雪乃？”

“……怎么回事？这里是什么地方？”

“不就是新天堂酒店吗？”

“新天堂酒店？”

“哎，你觉得这是谁的脚步声？你觉得……这次死的是谁？”

“……死？”

“哎呀，脚步声停下来了。”

1

我在那扇门前停下了脚步。

那是一扇左右对开的木门，而且明显带有西式风格，可是这种小心机反而暴露出它实际上产自日本。尽管表现出了严谨、厚重、古朴的感觉，却还是有一股子经过做旧处理的赝品家具般的可疑味道。

但那金色的门把手非常有魅力。

美得让人下意识就想伸手去握住它。

没错，我正在新天堂酒店。

我不清楚它是新是旧，是大是小。

这种模糊的印象大概源自它的构造本身。

总服务台那里贴着一张巨大的平面图。按它的标示，这家酒店有主楼、二号楼、三号楼，甚至还有一些独立的建筑。从这张图上看，它的增建相当随意，只顾眼前的方便，根本不做规划。主楼和二号楼并不相连，要先从主楼的三楼到达三号楼，然后上到三号楼的四楼，再经过一些独立建筑，才能去往二号楼。都怪这座酒店完全无视“动线”这一概念，建造得有违常识，因此若只凭直觉，基本上没法抵达目的地。

然而，我很中意这一点。

它散发着一股无论如何前行，目的地都会像海市蜃楼般远去的迷离感，叫人担心脚下的立足之地即将崩塌，自己也将随之被拉入另一个世界。而这些感觉则赋予了我某种快意。

当时的我只是个小学三年级……不，四年级的学生吧?

在去补习班前，我会顺路来到这家酒店，享受迷路的乐趣便成了我的习惯。

住客以外的人士也可以自由出入这家酒店。它总是大门敞开，广迎客来，好给主楼和二号楼的餐厅、咖啡厅以及酒店内的几处商店招揽客人。

我常光顾二号楼的那家烘焙店，总是盯着贝果三明治和苹果派。吃完它们便不需要晚饭了。其实我的书包里装着奶奶给我的便当（我和奶奶一起住），但就算得把便当全都倒掉，我也一定要吃到贝果三明治和苹果派。当然，我从不浪费便当，会在补习班的课间休息时分把它一扫而光。

我当时变得胖乎乎圆鼓鼓的，也得归咎于此，甚至还得到了“八戒”这个不雅的雅号，自不用说，它就是取自“猪八戒”。

这么想来，我自打记事起就一直挺胖的，妈妈总是有事在忙，奶奶则代替她来照顾我……但她老人家就和全世界的奶奶一样，特别宠爱孙辈，我想要什么都会给我。即使我不想要，她好像也觉得自己有责任挑起我的物欲一般，把各种吸引人的东西一溜摆在我的眼前，尤其是食物，简直称得上是一种病态。她嘴上时时挂着一句话：“我们在战争时期没得吃呀，所以不想让孙儿也遭这份罪。”于是我家的饭桌上每天二十四小时都摆着饭菜，餐具柜仿佛是点心的国度，冰箱里更是如此。

如果要直观地表达我那时候的状态，那么便是肉用鸡或者产鹅肝用的肥肝鹅吧。但我和奶奶都不觉得这是个问题，亦没有罪恶感，只顾尽力吃得饱饱的……不对，这种说法并不准确，实际上只有我一个成了饱餐的俘虏，而奶奶则吃得很粗糙，她常说自己的胃口天生就小。

奶奶有一个每月一次的聚会，她每次都会去。

那是由兰圣学园毕业生自愿参加的友好交流活动。

她当时是兰圣的外聘讲师，负责指导学生们的礼法和茶道。顺带一提，她本人也是兰圣学园的毕业生。

那个交流活动的成员有十人左右，活动是由毕业后便留在本地、做着生意且志同道合的妇女们自发组织的。没错，它也可以说是一个友人俱乐部，名叫“铃兰会”。奶奶被任命为“铃兰会”的干事，需要策划和准备每月举办的聚餐会。为此，她几乎献出了全部的个人时间。

在生我养我的故乡，人们每每提起兰圣学园这所私立学校时，总是抱着一种憧憬之情。这所学校主张从小学到短期大学的一贯制教育，但我听说它始于一所建立于一九一四年的本地女性训练设施。一九三五年时，它获批成为女子高中，这为它如今成为一所一贯制学校打下了基础。

你们会好奇我怎么连具体年份都记得这么清楚，对吧？

因为我也是从兰圣学园毕业的嘛。

兰圣的学生从小学起就被灌输学校的历史沿革，还要背诵。虽然我是到初中才开始接触这些的……可还是相当折腾人，刚进初中就得背校史。那时我得到了一本厚厚的书，校方要求我彻底记住书里的内容。

看到我辛辛苦苦背书的样子，奶奶便说：“要是当初让你进兰圣念小学就好啦。”

而每当我听到这话，便会有种无法言表的感觉，仿佛不小心用臼齿咬紧了巧克力的银色包装纸一般难受。

其实我也是这么希望的。但我没考上兰圣小学部啊，没办法，只能去读国立的小学了。都怪我妈不好，她在入学考试的面试环节迟到了。比起孩子本人的成绩，能否被兰圣小学部录取更多取决于监护人的资质。所以每一位家长都为了面试而拼命努力，提前几年便准备不懈。但我妈却在面试当天说来了一份紧急工作，让我和爸爸两人去面试会场，还说自己肯定会按时赶到的。结果她不出所料地迟到了。头发乱糟糟的，衣服被汗水浸透了，鞋子上也都是泥，不知道是走哪条泥巴路过来的。光是这些就足以给人留下坏印象了，而她甚至还没法正确回答面试官的问题……真是的，我妈太没用了。

你问我妈的职业？

她只是个全职主妇。不过她在自己娘家开的店里帮忙。那是一家便利店。

听说它原本是从大正时代延续下来的酒铺，但在我三岁时通过加盟获得了某家大型便利店的特许经营权。其实大家都反对这么做，不过我妈的哥哥，也就是我的舅舅，几乎是独断地把家里的铺子改成了便利店。

当便利店的店长似乎很辛苦，需要全家总动员，保证二十四小时都有人接待客人。因此尽管我妈已经是别人家的媳妇了，一旦店里有事，她的娘家人还是会要她赶过去。

面试那天也是如此，据说打工的店员突然请假，在代班店员来之前需要我妈去看店……我妈是这么解释了，但我并不能接受。说到底，雇用那种会突然请假的打工者本身就有问题，而平时不对这种突发情况进行应对措施的模拟演练更是罪魁祸首。没错，“那一家子压根儿不适合做生意，所以原本的酒铺才会衰败下来。真是一家蠢人”——我奶奶经常这么抱怨。她很不满这个老往娘家跑的儿媳妇，在责备我妈时，总会把她整个家族都当成靶子，其中甚至包括了她的祖先们。

因此我从小就不太喜欢我妈那边的亲戚。当然，我还是去过她娘家几次的……毕竟他们住在隔壁镇子，坐电车只有三站路，下车后再往前走一点就到了，所以我完全不去露个脸可过不了关。其实我在那边还有几个表兄弟表姐妹，不过我们见面的次数屈指可数。对了，我爸的亲戚里没有其他小孩子，因此对奶奶而言，我是她唯一的孙儿。

……咦，我们在聊什么来着？

哦，对啊，在说酒店呢。

它虽然号称酒店，可听说原本是一家旅馆。

箱根有个富士屋酒店吧？新天堂酒店前身的旅馆就是仿照它而建的。嗯，总之它一开始还像富士屋酒店那样采取了洋日折中的风格，十分豪华，规格又高。当时的设计初衷所留下的痕迹直到现在还随处可见。

比如这扇门。它既像是采用了艺术装饰风格，又像是带着洛可可风格，还有些巴洛克风格的味道。总之在构思时仿佛把日本人印象中的“洋味”一股脑地加了进去。

这是我首次来到这扇门前。但我原本正在前往位于二号楼的烘焙店的路上，到底在哪里出了岔子？……估计是从主楼出发，途经三号楼，走过那些独立建筑时数错了楼层。因为当时我在想事情——大概是测验分数不好看，于是琢磨着该如何跟奶奶解释吧。

不管怎样，反正当我回过神来，就已经站在这扇门前了。

门本身看着挺廉价的，只有它那金色的门把手闪闪发亮，非常漂亮。在我反应过来之前，我的手已经紧紧握了上去。

这时，我听到有人在说话。

可能因为这扇门是用便宜的材料制成的吧，即使站在门外也能把房间里的对话声听得一清二楚。

“怎么回事？这种东西居然能在学生之间大量出现。”

“我觉得这只是孩子们常见的恶作剧而已。”

“就算是恶作剧，性质也太恶劣了。”

“竟用这种方式去玷辱伊丽莎白·阿基利斯老师崇高的志向……”

“等下次集会时，我们来提议吧！下一个六月三十一日是——”

“还早着呢，我们不能等到那时候再说。要快点想出对策……说不定还得设一些处罚才行。”

我听到了一个熟悉的声音。

是奶奶的声音。

这么说来，我那天从学校回家时发现奶奶不在家，桌上只留下了便当和一张字迹潦草的纸条，上面写着“我去去就回”。

难道这就是她的“铃兰会”？

在天真的好奇心的驱使之下，我打开了一条门缝。

那是一间单间，大约二十叠大小。

室内贴有玫瑰粉色的墙纸，墙纸上刻有百合花图案的纹章，天花板上悬着沉重的水晶吊灯，看着就要坠下似的。房间的正中央则摆了一个大大的圆桌，几名女性围桌而坐。

她们年龄各异，其中有几位看打扮和我妈差不多年纪。多说一句，我母亲当时是三十五岁，还有几位勉强称得上高龄。

我奶奶的座位背对大门。眼见她熟悉的背影就在前方，我轻声叫了出来，所幸没人注意到。

桌边的女性们全神贯注地讨论着，就算警铃响了她们八成也听不见。

那时候的我几乎理解不了那些对话的详细内容，然而还是能听懂她们在说发生了什么丑闻，该怎么应对才好。

并且，她们口中的“处罚”一词铭刻在了我的意识深处。

+

（二〇一四年八月二十六日　周二）

“您和柏木阳奈子是什么关系？”

松川凛子终于提出了今天的第一个问题。

之前她一直都在倾听一名女性的独白。

那名女性因为涉嫌杀害柏木阳奈子而被拘留，并且已遭起诉，预计两个月后开庭审判。凛子的任务是在法庭上为她辩护，以尽可能减轻量刑。

这是凛子第二次会见她，第一次是在更换律师时，她们见面做了简单的寒暄和交接。

是的，那名女性原本的辩护律师是国家指派的，可在确定自己将会面临起诉时，她便指名要求凛子来当辩护人。

2

凛子是在一周前接到电话的。

当时是早上八点，由于通宵工作，当时律师事务所里只有她一个人。

“我们是兰圣学园同学会秘书处。”

对方一上来便自报家门。

又是同学会的通知？

凛子本人也毕业于兰圣学园，所以条件反射般地如此认为。不过她是在高中阶段考入兰圣的，毕业后便去了位于其他县的国立大学，不算是“血统纯正”的兰圣毕业生。再者，她对兰圣的校友们甚至没有多少情感。实际上，兰圣学园并非她真正的心之所向，她压根儿不想去那里念书，然而她没考上自己理想的县立高中，又不能失学在家，这才不情不愿地进了兰圣。因为兰圣提出给她免费生待遇，可以免除学杂费，于是她的父母二话不说就让步了。

尽管与她同届的初中同学里也有些人说很羡慕她能去兰圣，不过八成都不是真心话。兰圣学园作为一所千金学校，在当地确实很有名望，但同时大家也觉得那里就是“有钱人家的蠢女儿们的游乐场”。其实兰圣学生的偏差值[1]并不低，可不时流出的谣言仍给人们留下了那里“不正经”的印象。

她在初中时代常听到兰圣不好的传闻，虽说其中大部分属于谣言范畴，十分可疑，但也有一些的可信度很高。

直到入学的前一天，凛子还磨着父母，说不想去那种地方念书，然而在区区地方机关工作的父母看来，能免除学杂费实在太诱人了，况且她还有两个快要考高中的弟弟。他俩都没她那么聪明，只能去上私立学校——由于凛子的双亲怀着这般思虑，因此兰圣给出的条件正是合了他们的意。

而校方对在神奈川县学力测验中排到县内头部等级的凛子也抱有很大的期待。实际上，兰圣还没有出过考入东京大学的学生，因此他们很希望她能实现“零的突破”。后来，她虽然没能实现这份期冀，但仍考上了国立大学，也通过了司法考试。

这下你们可没什么好抱怨的了吧。

1　指相对平均值的偏差数值，是日本人对于学生智能、学力的一项计算公式值。偏差值反映的是每个人在所有考生中的水准顺位。——译者注

现在，凛子觉得自己之所以会参加司法考试，或许是为了逃离兰圣的诅咒与束缚。毕竟有些相关人员可能很不愉快，认为没能考进东京大学的她浪费了他们的投资，是个“学费小偷”。当然了，这种话不会直接传到她耳朵里，但肯定有人抱着“这孩子真让我失望”的想法，肯定有人动不动就要说“我之前很看好你，真可惜”“再刻苦一点该多好”。其实从凛子决定放弃东京大学，改考略逊于它的其他国立大学时起，这些近乎妄想的强迫观念便一直缠绕着她，有时她甚至会听到“看错你了”“还钱”等声音，结果却都是幻听。为了从这种状态中解放自己，她必须给出一个更胜于考上东京大学的成果，不然这些幻听就会像非法高利贷的讨债人一样，一辈子都追着她不放。

总之，一定要还上这份人情，无论如何都得还……

这份不明就里的焦躁感确实驱使着她。而司法考试合格的喜悦，则无疑是终于能摆脱兰圣学园、重获自由的喜悦。

然而，兰圣那帮人每当有事便会来联系她，目的基本上都是邀她参加同学会，要不就是请她去做演讲。

开什么玩笑。她心里这么想着却又不能直接说出口。

“我之前已经提出过了，我工作很多很忙，所以——”凛子换了一只手拿听筒，此时她已经很烦躁了，但为了不被对方察觉到这一点，她还是选用了礼貌的措辞，继续说道，“所以我没法参加同学会，还请您代我向大家问好——”

“不，我们这次联系您并不是为了同学会。”

电话那头的声音打断了凛子的话。

“我们是希望请您做辩护，这才打电话给您的。”

“……辩护？”

“是的，您是律师对吗？”

“嗯，是。”

“您会接下委托的吧？”

声音中透出一种威严，语气中带着命令。

凛子想起了兰圣学园那位教数学的女教师。她也会像这样，用一种毫不认为对方会拒绝的口吻来指示学生做这做那。

莫非和我通话的就是那个老师？不，不会，毕竟兰圣的老师都是这个调调。不过对方也是老师吧？虽然她自称是同学会秘书处的人。

“我以前是外聘讲师，给大家上过一些花道课程，现在已经不再教学了。”

对方在差不多可以结束话题的时候，总算报上了大名：“我的名字是坂谷法子。”

“坂谷……”

“我是第六十二届的。”

“第六十二届”并不是正式的叫法，只是大家姑且会如此称呼兰圣学园创立第六十二年时进入高中部的学生。其原因在于——兰圣原本就是一所女子高中，它在一九五八年附设了初中部，便以此为契机不再使用“第×期”的称呼。附带一提，兰圣后来又分别在一九六七年和一九七四年附设了小学部和短期大学。

“也就是说，坂谷老师您是一九七八年高中毕业，然后在一九八〇年短期大学毕业的——”

讨厌，讨厌，我怎么就条件反射地算出来了呢？兰圣的历史沿革真是完全烙在我的脑子里了。

凛子略带自嘲地继续说道：“顺便说一下，我是第七十七届的学生。”

“嗯，我知道，因为您很有名。那时候，我们在同学会上都只谈论您呢，说兰圣说不定终于能出个念东京大学的了。”

听到这番话，凛子涨红了脸，下眼睑痉挛着，不断抽搐。

“当时的校长也很期待您能考上。”

“……对不起。”

尽管她没有道歉的打算，可还是不知不觉就这么说出了口。

凛子想着：我到底要对兰圣的人毕恭毕敬到什么时候？兰圣的人又到底要像这样责备我到什么时候？说到底，我们甚至没在校园里遇上过对方，只是碰巧毕业于同一所学校罢了，根本就是陌生人。然后她蜷起了背，就仿佛被人说是“学费小偷”一般。

她的耳边似乎响起了各种声音：“真是的，学校都这么帮她了，结果也不过如此，太让人失望了。”“虽说她念的也是国立大学，但和东京大学相比可是天差地别。考去那种学校，完全没法拿来给我们兰圣做宣传。”“要是挑战了但没成功倒也算了，她却打一开始就逃避，选了张安全牌，到底是在干什么啊？”

“对不起！”

凛子大声喊了出来，仿佛是在惨叫。

不知何时到岗的女员工被她吓了一跳，朝她看了过去。

汗水从凛子的脖子上涔涔流下，她再次换手握住听筒，开口道：“那么，我之后再联系您。”

“当然可以。您会接下委托的吧？”

“嗯，我们事务所会好好研究一下的。不过也请您别抱太大期待……”

“那就拜托您了，毕竟事关兰圣学园的声誉。国家指派的辩护律师根本靠不住。因为这属于‘下达的任务’，他们肯定不会认真干。”

“不是您想的那样。要是轮到我当国家指派律师，我也会好好接下工作的。”

“就算如此，到底还是和自己无关啊，一般律师只会盘算着在法庭上看情况适当辩护一下，然后尽快结案。而您是兰圣的毕业生，此次还请您务必站在这位被告人的立场上考虑。”

“被告人是兰圣毕业的？”

“哎呀，我刚才没跟您说吗？”

“没有……您只说受害人柏木阳奈子是兰圣的毕业生……结果加害方也是兰圣学园的吗？”

“是。这可真是让人难以置信。”坂谷女士加重了语气，“我们同学会秘书处的咨询电话响个不停，还接到了恶作剧电话。也有人在网络留言板上写了各种谣言，连媒体都沸腾了，好奇心暴露无遗。”

“确实。不管怎么说，受害人是很有人气的漫画家——”

“因此，我们也想委托您处理媒体事务。哦，对了，我们还要告那些在网上破口大骂的人犯了诋毁罪，相关手续就拜托您了。不用担心律师费的问题，我们同学会会想办法的。为了以防万一，我们将一部分会费储蓄起来了。”坂谷女士一口气说完，平复了一下情绪，随后稍稍压低了嗓音，继续道，“……话虽如此，幸好毕业生中有您这样的人才。不愧是我们兰圣的免费生，真是太可靠了。”

“那么请您等我这边的回复——”

凛子话没说完，对方便已挂断了电话。

啊！所以我才不想和她们接触啊。

她摔也似的用力把听筒按回电话机上。

“请问出什么事了？”那位到岗的女员工——海藤小姐怯怯地问道。

“抱歉，是我的母校……”刚说到这，凛子就急匆匆地换了个说法，“是兰圣学园的相关人士来委托工作。”

“是您认识的人吗？”

“嗯，算是吧……虽然我没见过她本人。”

凛子看向手边的便条纸，上面龙飞凤舞地写着“坂谷法子，第六十二届”。

“是什么案子呀？”

“杀人案。”

“咦？对方是刑警吗？可是松川律师您是专做民事案子的啊。”

“不是，虽然我也不太擅长应付刑警。”

“那费用方面……很不划算吧？”

确实如此，但凛子无法以这种理由拒绝。她解锁了电脑的屏幕保护程序。

“而且您还有好几件麻烦的工作呢。”

是的。凛子担任法律顾问的公司出了丑闻，她今晚也得通宵处理。她一边揉着酸痛的脖子，一边在搜索引擎上输入关键词。

“请教一下，这是件什么案子？”

海藤小姐又重复了她一开始就提出过的问题。或许是心理作用，凛子总觉得她的眼睛闪闪发光，而她引以为傲的酒窝也比平时更显深邃。不管怎么说，刑事案件总能极大地引发人们的好奇心，更何况这还是一起杀人案，欲知其详总是人之常情。

“两个月前，有一位叫作柏木阳奈子的女士……”凛子刚回答，就被海藤小姐打断了。

“不是吧，阳奈子老师？”她的双眸愈发闪亮，继续说，“漫画家柏木阳奈子老师？两个月前去世的柏木阳奈子？”

“对，就是那位阳奈子老师。”凛子仿佛是想把对方的兴奋劲儿给推回去似的说，“对方委托我给杀害她的凶手做辩护。”

“柏木阳奈子……是被人杀死的？我听说她是从天桥上摔下来的啊。”

“最早的报道好像是这么说的。”

凛子专注于笔记本电脑的屏幕，上面已经显示了以“人气漫画家坠落天桥”为标题的报道。

“但有目击者说柏木阳奈子是被人从天桥上推下去的，然后，警方便逮捕了此案的被告人。”

屏幕上显示了嫌疑人的面孔，是由某周刊披露的。凛子回头，发现海藤小姐就近在眼前。

“是这个人杀的吗？”海藤小姐的眼神中同时包含了好奇与厌恶。她盯着犯人的脸，问道：“她是谁？”

3

是啊，她是什么人？凛子完全没有切入点。

那名坐在亚克力板后面的女性重新盯紧了凛子。

我到底有多善良啊，结果还是接下了辩护委托，来见被告。

在坂谷女士之后又有几人打来电话，所有人都用一种不容拒绝的语气叮嘱她说：“辩护就拜托您了哦！”

尽管凛子没有义务去服从那些命令，但她毕竟怀着“学费小偷”的内疚感，而且最重要的是，她觉得这件事和自己有着某种关系。

起初，由于阳奈子是从高处坠亡的，因此被当成意外事故处理了，可后来情势急转直下，居然出现了目击者。

“我没有做坏事，”对方隔着亚克力板说道，“我是无辜的。”

“但你不是坦白了吗？说是你把柏木阳奈子老师推下去的。”

“嗯，我被抓进拘留所的时候，确实认为自己就是凶手，所以不管警察问什么，我都回答说‘是’。”

“你是被迫认罪的？”

“不，我当时真心认定这是自己犯下的罪，没受到什么强迫。”

“可调查笔录上写着你平日里就非常憎恨柏木阳奈子老师。”

“其实也不能算是‘憎恨’，只是有点不爽。毕竟她不记得我了啊。”

“你曾经和柏木阳奈子老师见过面吗？”

“嗯，当她还在兰圣学园念高中的时候见过。”

“原来如此。”

“但她居然不记得我。”

“啊……这就是你的动机？”

“动机？”

“你是为此才把她推下去的？”

“我只是有些吃惊罢了。唉，她是真不记得我了呀……”

“明白了。再怎么说，‘憎恨’和‘不爽’还是很不一样的哦。我觉得检方可能想抓住‘憎恨’这一点来进攻。”

“能修改笔录内容吗？”

“嗯，比如说……你有权在法庭上否认这些说法。”

凛子凝视着亚克力板对面的那张脸。对方那涣散的双眼中，到底映出了几分真相呢？

“你声称自己是无辜的——”

“是啊，我就是无辜的。”

“那么，你要在法庭上推翻所有的供词，主张自己是无辜的吗？”

“对……我在努力战斗。因为我好歹是个母亲呢，我很担心女儿呀，我不希望她被人说成‘犯人的孩子’，因此请律师您也好好加油，证明我的清白。”

“可是啊——”凛子说不下去了。

略带温热的气息透过亚克力板上的小孔传来，夹杂着些许异味，这让凛子觉得有点恶心。

“我真的是无辜的。”

“可是啊，”凛子喉头用力，一口气把话说了下去，“有人看到你把柏木阳奈子老师推下去了，而且目击者不止一个。光是实名指认的就有三人，实际上应该还有更多。毕竟当时是附近一所高中的放学时间，几十名学生走在案发的天桥上，并且看到了你们。其中一名目击者说，她一开始还不太清楚发生了什么，只是被吓坏了，好不容易才叫了救护车。但当她听到柏木老师死讯之后，意识到自己可能看到了很重要的东西。不，是目击到了……目击到柏木老师的确是被人推下去的。一旦想到这一点，她便害怕得不行，也不知道自己该不该去报警。不过那也可能是她的错觉或者幻觉。”

“那不就是幻觉吗？”

“不，和她结伴而行的朋友们也目击到了。只是她们似乎和她一样，最初都不敢去找警察。可这样下去是不行的，于是她们三人商量好一起去了警察局。”

“原来是这么回事，所以我才没有立刻遭到逮捕。”

从亚克力板小孔中呼出的那股气息黏糊糊的。然而凛子已经不再畏惧。

“我是你的辩护人，因此我有保护你的义务，但前提是你得说实话。”

“我没有撒谎……嗯，确实是我把柏木阳奈子推下去的。”

“就是说啊！”凛子差点一下子从折叠椅上站起来，不过她很快又重新坐稳了，问道：“什么？推下去？”

“是的，千真万确。”

“你刚刚才说过自己是无辜的！”

“嗯，我是无辜的，我没有犯罪。因为那其实是‘处罚’。”

“……处罚？”

“是的，她必须受到处罚。我看到‘六月三十一日同学会’的邀请函已经被送到她家去了，这肯定是因为她企图暴露兰圣学园的秘密。”

“我不太理解你的意思……能请你解释清楚吗？”

4

“可能还是去申请做个精神鉴定比较好。”

“精神鉴定？”

事务所的女员工海藤小姐回头看了过来。

凛子似乎是无意中把脑中所想给说了出来。她一下子把手里的药放入口中。

“您说精神鉴定……请问那位被告人有什么地方不正常吗？”

海藤小姐的眼中满是好奇，天真的问题一个接一个。

“她啊……该说是不正常吗？”

凛子记得对方满嘴胡话，毫无真实感，会见过程简直就像是在观看那些让人领略到“超现实主义”的幻想题材电影。

“柏木阳奈子必须受到处罚。”

对方始终咬紧这一点。

凛子问她理由，她却回答说：“因为她是背叛者。”

“背叛者？这话怎么说？”

“她打算以兰圣学园为蓝本，开始新的漫画连载。”

“这就算背叛了？”

“是呀，我们决不允许任何有损于兰圣形象的行为，所以非得把她收拾了不可。”

“收拾？”

“嗯，毕竟‘铃兰会’就是为此而存在的。为了守护兰圣学园的名誉和形象，‘铃兰会’有责任找出‘次品’并将她们排除……不过我也是很晚才知道这一切的。奶奶去世的时候，有人叫我继承她老人家的衣钵，所以我也是‘铃兰会’的成员哦……啊，你不信吧？但‘铃兰会’是真的。我们会给必须接受处罚的学生或毕业生寄去邀请函，把对方召来。因此柏木阳奈子也收到了邀请函。这是我亲眼看见的。于是我做好了思想准备。我必须动手，一定要处罚她。您也多加小心，如果有人发同学会的通知给您，请仔细确认一下日期。”

之后对方依然滔滔不绝，但话里没有要领，连听她说话的人也要变得神经兮兮了。

“松川律师，我很看好您哦，这次还请您务必给我们一个好结果呀，希望您别再辜负大家的期待了。”

我已经回报得够多了！

“松川律师，您怎么了？”

海藤小姐手里拿着马克杯，面带困惑地看向她。

“没什么没什么。”

凛子勉强笑了笑，重新将视线投向手边的文件。

上面一条一条地罗列着被告人的相关资料。

姓名：小林友纪

一九七六年出生于旧相模郡琉璃镇，父亲是县政府的公务员，母亲是全职主妇。

她于一九八九年考入兰圣学园初中部，后于一九九七年从兰圣短期大学毕业，并在毕业那年作为漫画家出道，然而作品销量不佳，因此专心从事漫画家助手工作。一九九八年时，她与一位在餐饮业工作的男性结婚。二〇〇〇年时，生下女儿。二〇〇三年时，离婚。接着便与女儿一起回到琉璃市的娘家住了一段时间。同年，她打着“现役漫画家”的招牌，回母校举行了一场演讲。当时，她见到了正在兰圣念高中的柏木阳奈子……二〇一〇年时，她把女儿留在娘家，独自一人赴东京发展。受到柏木阳奈子当上职业漫画家并走红一事的激励，她计划以漫画家的身份东山再起，可结果还是止步在了助手的岗位上。平成二十六年时，她通过出版社编辑的介绍，成为柏木阳奈子的助手……

“但她居然不记得我。”凛子记得小林友纪的说话声中带着怒意，在法庭上果然还是应该强调这一点吧。

凛子握紧记号笔。

她嫉妒自己的学妹柏木阳奈子，同时又为阳奈子不记得她而感到屈辱，这些情感纠结在了一起，并日复一日地积压着。终于，她在案发当天因冲动而动手推了阳奈子。这不是间接故意犯罪，而是过失犯罪。换言之，尽管她明白从背后将受害人推下天桥会导致重大事故，却并未预见且放任对方的死亡，因此这不是故意杀人，而是伤害致死。没错，被告并没有杀人。毕竟柏木阳奈子从天桥上被她推落之后，还存活了整整一天。所以柏木阳奈子当时亦可能只是摔伤，其直接死因则另有蹊跷。

如果法庭认为此案属于伤害致死罪，那么届时说不定还能争取一个缓刑。好，果然就该按着这条线往前推进。尽管凛子一度思考过靠精神鉴定来减轻罪责的方法，但假如小林友纪的鉴定结果是“无行为责任能力”，那么就算能拿到无罪的判决宣言，之后等待着她的也只有漫无止境的精神病院生活。如此一来，她便很难回归社会。这么看来，即使希望不大，不过还是争取缓刑方为上策。

凛子用记号笔在文件上胡乱写下“过失犯罪”几个大字。

她思忖着这条路或许行得通，伸手拿过放在桌角的药盒。

5

（二〇一五年四月十六日　周四）

“本庭宣布，判处被告人服刑两年六个月。”

凛子的面颊转眼间便泛起了潮红，放在膝盖上的双手亦不自觉地握成拳头。

太好了！这种案子确实判不了缓刑，但这个结果是最好的。

然而，站在证言台前的被告人却面色惨白，整个人都凝固了，活像路边的地藏菩萨石像。

旁听席上也传来了灰心丧气的叹息声。坐在那里的几乎都是女性，八成是兰圣学园的相关人士。

“真是的，我们的期待又落空了。”

“明明希望能判无罪的。”

“都付了那么多钱了。”

“她又一次辜负了我们的希望。”

“她本来就没什么志气，总是选择出安全牌。”

“我可做不出这种事。兰圣的学生不就该果断挑战难关吗？我们的校训都强调说要‘正直’。”

“我对她真是太失望了。”

“不光是个‘学费小偷’，还是个‘报酬小偷’。”

“确实，她就是个贼。”

“小偷。”

“丢人现眼。”

“不要脸。”

“去死吧！”

住口，住口，你们住口！

（二〇一五年五月二十日　周三）

“松川律师，您还好吗？”

海藤小姐打量着凛子，面露忧色。

凛子深吸一口气，端正了坐姿答道：“嗯，我没事，就是累了。”

“之前开庭的疲劳还没消除吧？那个法官真是很难对付……不过通过这起案子，我越来越支持您了。毕竟只判了两年六个月。太厉害了！如果换个人负责，绝对没法把刑期压得这么短。对方想必也很高兴呢。”

“没这回事，她觉得自己是无辜的，还怪我派不上用场。”

“但……她最后不是也没上诉吗？”

“嗯，说服她可花了我好多时间。不过总算是接受了。”

“这也难怪呀，要是上诉，说不定判得更重呢。才服刑两年六个月，是该妥协了。或者说，杀了人却只判两年六个月，真是超级幸运。”

“哪里幸运了……受害人已经死了啊。”

“啊，确实……对不起，我说得太放肆了。”

“请你注意自己的措辞哦。你早晚也要去考司法考试的吧？”

“我原本是这么打算的，但已经放弃了，法律学校也不准备念下去了。”

“为什么？”

“您想啊，就算我现在当上了律师，照样会很辛苦吧？要是能像您一样顺利挣钱倒还好说……可还有些律师的年收入才一百万日元。当然了，也有些律师赚得多，不过我这种人绝对是行业里垫底的那一批。这么一想，便觉得还是该摸索一下其他出路。”

“你在说什么呀，这么没志气吗？”

“没志气的是你吧？”

咦？

“一早就放弃了东京大学，明明实力那么强，却选了更好考的学校。”

不是的！我本来就考不上东京大学！考虑到我家的经济状况，我也没法复读或者念私立，所以只能选肯定考得上的学校啊！我的选择没有错！

“这次也是，小林女士希望被无罪释放，但你硬要她认罪。”

不可能判无罪的，这种情况绝对判不了无罪！

“我们对你真是太失望了。”

“您真的不要紧吗？”

凛子发现海藤小姐的脸扭曲得厉害。

她来回摇头，再一次深呼吸。

“我又耳鸣了，和平时一样，每次有工作告一段落就会这样，跟偏头痛差不多……没关系的，只要吃了药，很快就能好。”

说完，凛子拿过药盒。

“您才刚吃过啊……”

“欸，是吗？”

“嗯，大概五分……十分钟前吧。”

“这样啊？不过不要紧，这药的效力不强。”

“但是……”

“这是医生开出来的药，没问题的……真的不是猛药，我甚至还觉得效力不够呢。”

“是吗？哦，对了，这些是您的信，都是今天送到的，请您过目。”

海藤小姐递上一叠信件，用的全是平日里司空见惯的信封。

只有一封看着眼生。

它是用和纸制成的邀请函，似乎还带有一股好闻的香气。

凛子往嘴里再送了一粒药片，然后抽出信笺。

> 敬启
>
> 谨祝各位日益康泰。
>
> 我们将举办一场同学会，具体时间地点请见信末。
>
> 通过这场聚会，希望久违的朋友们，可以一边谈论近况，一边彼此重温旧谊，加深感情。
>
> 特此邀请，还请各位尽量出席。
>
> 敬上
>
> 时间：六月三十一日
>
> 地点：新天堂酒店

第三话　咲穗的绰号

1

（二〇一四年六月二十三日 周一）

西新宿NL大楼二十三层，松川凛子法律事务所。

“你是第八十九届的学生吗？”

对方向我提问，我依然低垂着视线，小声回答了一句“是的”。

“是吗？第八十九届，与漫画家柏木阳奈子老师同届呢。”

“咦？”

“嗯，柏木阳奈子老师。我前几天还在电视上看到她了，她的作品非常受欢迎。”

“哦，对……我念高中的时候和阳奈子同学在同一个班。”

我声如蚊蚋。不知为何，我总是无法好好抬起眼来。大概是由于身份差距而造成的紧张感吧。不，不对……是对方给人一种可怕的感觉。不愧是律师，身上散发出的压迫感非比寻常。

“柏木老师在高中时就很有名吗？”

“不，那时的她很朴素，毫不起眼，而且就因为这个理由，她还有个绰号，叫作‘小土妹’。”

“但她现在是兰圣毕业生里最有出息的了。”

“……是呀。”

“顺便一提，我是第七十七届的。”

“嗯……我知道。”

我稍稍抬起头，但很快便又把视线落在桌面上。

白色的桌上放着名片和纸杯，纸杯已经空了。因为我的嗓子干得冒烟，对方刚给我端来水，我就将它一饮而尽。但眼下我依然很渴。

我再次确认了一下名片上的内容。

“松川凛子律师”。

尽管她给人以充满威严的感觉，但光从外表上看，即使她在超市里扫货，也不会显得格格不入。总之她已届中年，身材微胖，像个小市民。她可能刚去过美容院，一头卷发还有些紧缩感，不算自然松散。

“你今天是从家里过来的吗？”

“是的。”

“路上怎么也得要两小时左右啊！”

“嗯，不过现在有直达新宿的高速电车，跑一趟已经不像过去那么花时间了。”

“请问是哪位介绍你过来的？”

她的声音不知为何有些吓人，让我想起兰圣学园的女教师。她们会硬让他人屈服。而这个声音里也藏着像她们那种近乎威胁的压力。

“是哪位介绍你来我这边的？”

松川律师重复了一遍问题，而我的胃也一下子紧缩起来。

“哦……倒也不是经谁直接介绍，但我常听说松川律师您的事迹，所以早就下了决心，如果遇到难关，一定要向您请教。”

“我的事迹？”

“嗯……啊，当然，都是关于您大放异彩的故事，说您是一位出色能干的律师，不论问题有多难，您用不了多久便能帮我们解决。就像前些日子，您也赢下了那桩难打的官司。”

“赢？”

她的表情看起来微微扭曲。

“官司不是以‘输赢’而论的哦。所谓官司……算了，这个话题就先停一停吧。我们能开始讨论正题了吗？你今天来找我商量什么事？”

“哦，好的。”

我舒展了一下背部，端正了自己的坐姿，仿佛正在朝向面试官。

“我在上周收到了一封邀请函。”我说着，便从包里取出一只信封，轻轻地将它放到松川律师面前。

她张大了嘴，眼睛一眨都不眨，双颊也僵住了。然而她又瞬间压制住惊愕的表情，对我说道："我能看看信的内容吗？"

"嗯，还请您看一下。"

松川律师用娴熟的手法抽出信笺。

接着，她盯着内容看了好一会儿，脸上不带一丝表情。

敬启

谨祝各位日益康泰。

我们将举办一场同学会，具体时间地点请见信末。

通过这场聚会，希望久违的朋友们，可以一边谈论近况，一边彼此重温旧谊，加深感情。

特此邀请，还请各位尽量出席。

敬上

时间：六月三十一日

地点：新天堂酒店

“一般来说，六月三十一日是不存在的吧？”我提问道。

“嗯，确实，六月一般只有三十天。”她凝视着信笺的纸面，同时答道。

“我一开始以为它只是写错了，”我继续往下说，“可我是这次同学会的干事，在我不知道的地方居然流传着这样的邀请函，这让我觉得有些古怪……”

“原来如此。”

“我怀疑它就是，那个——”我又把话咽了下去。然而，既然我已经来到了这里，那么也不必继续掩饰了。我用力将想法倾吐了出来：“就是‘那个’邀请函……”

“‘那个’邀请函？”

“兰圣学园流传着一个‘处罚’的传言，说是被定为处罚对象的学生会收到一份邀请函……松川律师，您在兰圣的时候，就已经有这个说法了吧？”

“哦，嗯，大概是的。我记得自己听过‘六月三十一日’这个日期，但它只是个都市奇闻吧？大概是某些高年级学生瞎编后传出去的吧，目的在于吓唬狂妄的学妹们。”

“我以前也这么想，但在我收到邀请函后，还是有些担心。”说完，我取过纸杯，这时才想起杯子已经空了，于是立刻拿开了手。

一位四五十岁的男士为我加了水，他多半是这家律师事务所的员工吧。我几乎是飞扑着抓过杯子，再次一口气将水喝干。

“你就这么担心吗？”

松川律师一边说着，一边从外套口袋里取出药盒，往手心里倒了两枚药片。

“嗯，我很介意。”

但她仿佛要打断我的话一般，干脆地说道：“这是恶作剧，所以别放在心上。”随后她猛地将药片塞进自己口中。

“真的只是恶作剧吗？”

“嗯，是的。”

“那么，您的意思是我不会受到处罚？”

“不会的。”

“不过……”

“你非常害怕？”

“……可以这么说。”

“你有关于处罚的线索吗？”

松川律师如此问道，而我则觉得自己的胃袋缩得更紧了。事到如今，果然应该把一切都坦白出来。

“虽然很不好意思——”

2

（二〇一四年六月十五日　周日）

穿什么好呢？

多香美在穿衣镜前用力耸了耸肩，脚下是堆积如山的衣物。

每件都不合适，以前明明很合身。

生完孩子，她的体型果然变了很多。虽然她坚信自己的体重已经降回去了，但曲线可不复从前。其实她都明白，只是对此视而不见。她觉得束腰长款外套这种可以隐藏体型的服装能流行真是太好了。

“苗条的人穿了，才会有所谓束腰的效果吧，而大腹便便的人只能把它穿成家庭便装。”

这话出自多香美的一位宝妈朋友之口。她真可恶，总是一针见血地说出真相。

“没事的。”“我能瘦下来。”“我会减肥的啦。”……

尽管她试着说了这些话，但就算体重减轻，体型却怎么也恢复不了。包括隆起的肚子、松弛的上臂、下垂的胸部……

她也想过要不要去美体沙龙，不过同学会近在眼前，已经来不及了。

没办法，只好去买新衣服了。

她正琢磨着这些，就听见电话铃响了起来。

“多香美？是我啦！”

是那女人？

多香美握着听筒的手立即僵住了，但很快便又放松了下来。

“哎呀！公美子！”

对方是多香美的高中同学，也是她在毕业后仍能无话不谈的少数同学之一。

“多香美，你肯定会参加同学会吧？”

公美子直奔主题，连寒暄都省略了。

“嗯，会去的……”

“我就知道，你果然会去。”

公美子在外资企业上班，好像每年都会去国外出差一趟，上次见面时她的日语已经带上了英语腔，跟个海归二代似的。

然而她本人仿佛认定自己就是个处事麻利的海归二代。虽说她只在高中时期作为交换生去美国待过一个月。

交换生期满回国之后，公美子的口头禅就变成了“这个用日语怎么说？You know？”因此，她得到了一个叫作“you know”的绰号。不过她似乎觉得该绰号是在说她“有能力”。

这样的她，至今从未出席过同学会。因为她对这类活动很看不上眼，觉得它“不过是日本的陋习”。

多香美对此委婉地反驳过，说所谓“同学会”不正是在欧美文化的影响之下诞生的吗？结果公美子一口咬定同学会“蠢透了”，甚至放话表示自己“一辈子都不会去”。

“多香美你去的话，我今年也一起好了……”曾撂过狠话的公美子说道。

“咦？公美子你要去？”

“嗯，既然你会去，那我也去呗。”

公美子说得好像是在勉强应多香美之邀似的。

多香美觉得自己被利用了，生气地卷着手边的便条簿一角。

公美子以前就是这样，把自己的愿望隐藏起来，摆出一副被人推着才不得不做的样子。选上短期交换生的那次也是。

那时还有其他学生也想去留学，有意者应该超过十个了，名额却只有三个。不知道她是怎么在竞争中脱颖而出的，反正最后她入选了。按她的说法，她其实并不想去，但老师擅自推荐了她，她也没有办法。

然而她的笑容里却满是得意之色。

说穿了，她在暗中拼命表现了一番吧？

班里所有人都在苦笑，只有一个人开了腔：“那么，你拒绝不就好了？这样吧，我去帮你回绝掉。”

光看字面，这很像是恶意挖苦，然而那女生是打心眼里同情公美子，才会有这番发言。她甚至还说：“强迫不想留学的人当交换生，可以说是无视人权了，应该去找校长、理事长或者教委会投诉啊。需要出动媒体吗？我家有亲戚在报社工作……”

公美子当时惊慌失措的表情真是让人难忘。她嘴巴张得老大，活像一尾快要饿死的鱼。

恰好有个同学插了一句：“没事啦，公美子同学其实是想去留学的，所以没关系啦。”

如果没有这位同学稳住场面，不知道会引起怎样的骚乱。说真的，多香美还挺希望瞧瞧热闹，不过那个本想“助人”的女生接下来便埋怨了一句“什么嘛，公美子同学真会撒谎”，这话让公美子的表情变得十分精彩，相当值得一看。

拜这一出所赐，公美子悄悄地踏上了短期留学之旅，简直就如同逃亡去国外一般。

但当时的教训似乎完全没有起到作用，公美子依然言不由衷。

“同学会……真麻烦。”

“不过多香美要去的话，我也去呗。”

届时，她肯定会愁眉苦脸地说：“都是多香美叫我一定要来的……”

这女人还是心口不一。多香美这样想着。

要是公美子原本只是个陌路人，多香美绝对不会和她来往。然而，多香美的母亲和公美子的母亲是表姐妹，所以两人之间存在亲戚关系。而且她们从初中起便持续着这段“孽缘”。既然一路都这么过来了，那么多香美也只能奉陪一辈子。

话虽如此，她为什么突然想去参加同学会了？多香美一时间没搞明白，但很快就想到了答案。其实很简单，她想展示自己的现状，因为她获得了成功。

前些日子，公美子写的剧本被改编成了电视剧，而且成绩还不错，她也因此上了报纸。那篇采访稿写得荒谬极了。

“我在学生时代曾获推荐去美国留学，在当地大学的电影俱乐部的引导之下，我稍微学了一点和剧本有关的知识。大学毕业后，又受到教授的推荐，去了外资企业工作。但以前的伙伴们说希望我继续写剧本，于是我便当作兴趣动笔了。有一次，家人自作主张把我的剧本送去参赛，结果幸运地得到了大奖，我真的很惊讶。”

这篇文章里有好几处误导信息。

光看内容，会给读者一种她在美国的大学留学的印象，而事实上她只是念高中时去当了为期一个月的暑期交换生。再者，她去的那所学校规模很小，位于沙漠里的乡下镇子。至于受到大学电影俱乐部的引导嘛，准确来说，她不过是自己跑去听了一场公开讲座，而且仅仅去过一次。但她倒是有可能真的学了一些编剧知识。

说起来，她还没去留学时就已经在创作类似于剧本的作品了。毕竟她是因为热爱电影而执着于赴美留学，还说服了无力供她出国的父母，甚至让他们四处借钱，好不容易才筹齐了费用。而她在外资企业工作的真相则是——她对自己想去的公司发起猛攻，终于以派遣制员工的身份蹭了进去……

以前的伙伴们说希望她继续写剧本？多香美不知道那些“伙伴”到底是什么人，不过公美子可是自发去文化中心的编剧课程班学习了五年之久（尽管这门课程只是半年制的），自发投稿参加了所有的比赛，最后终于在某个电视台的剧本竞赛中获得了“佳作奖”，但没能再往上攀升，所以她得到的也并非大奖。由于那一年的大奖空缺了，于是她就趁机摆出一副自己拿了大奖的样子。

总之，公美子比较强势，野心勃勃，她的成绩全是她靠努力、筹谋以及执着所获得的。从这一层意义上来说，倒也值得赞赏，但公美子的眼里好像容不下这些……她必须表现出一副自己无心争取的样子，仿佛一切都因为是架不住别人的极力推荐。按她本人的说法，这属于“谦虚的美学”。

这女人真麻烦。多香美忍不住在心里念叨了一句。

说白了，这是一种保险。一旦自己遭遇失败，便可将责任归咎于他人。

不，这又或许得归咎于她的家庭环境。她家是“分家”[1]，所以“分家”的“分”字便刻在了她的基因之中。他们认为自己绝对不能醒目，尤其不能成为众矢之的……分家那种小家子气的本性日益扭曲，变成了对承担责任的极度恐惧。因此，他们随时在设置能够推责于人的圈套……我的母亲也曾抱怨过，说她们这种胆怯已经渗透在他们言行的方方面面。啊，果然麻烦死了。

“哦，但我其实有些犹豫呢，想着到底要不要去参加同学会啊。可能不去了吧。”多香美试探着说道。

“欸？”

——看吧，果然慌了。

“要是我不去的话，就等你回来跟我讲讲这次同学会什么情况啊。”

“呃，但你不去的话……”

“我不去，你就不去？”

“这……”

——太好玩了，这种麻烦的女人可真有耍的价值。

“不好意思，我差不多得去接孩子了，正把他放在娘家呢，我挂啦。”

1　分家是同血缘不同姓，或者同血缘同姓但是放弃本家继承权。中国、日本、韩国都有这种习俗。——译者注

多香美把听筒放回电话机上。

——其实无论如何，公美子都肯定会到场。毕竟这次同学会可以成为她的舞台，十分适合拿来显摆自己已经是一名成功人士了。所以她才不会放过这种机会呢。好了好了，还是想想去同学会时到底怎么打扮吧。

——我当然会去。不然可不知道会被人在背地里编派成什么样子。

——公美子几乎没参加过同学会，所以可能不太清楚，但同学会上最高档的“酒菜”正是围绕缺席者们所展开的话题，甚至包括坏话。这真是“美味”极了。不过反过来说，只要自己不参加，就会成为别人的下酒菜。

这光景是如此可怕，光想象就让人觉得毛骨悚然。

去年有个从未缺席同学会的老同学因身体不适没来，结果席间却有人说她“好像是整容手术失败了，所以来不了”。接着，大家便你一言我一语地逐个跟上，最后发展成了追溯到人家祖宗三代的说坏话大会。

“桑原显灵，桑原显灵[1]……”多香美一边念念有词，一边回头看向那一大堆衣物。

1　多香美念的是“桑原咒”，在日本是为了避免落雷、灾难及厄运发生而念的咒语。——译者注果然得去买新衣服……儿子现在在娘家，我晚上过去接他就行。那……去横滨看看吧。

+

“啊！”

多香美拿过一条连衣裙，却陷入了无法言表的苦闷回忆之中，连胃酸都涌了上来，食道里火辣辣的。

“您怎么了？”

精品店的店员微微侧着脑袋，疑惑地问道。

“没事。”多香美仿佛是被抓到行窃的小孩子一般，急匆匆地将连衣裙挂回原来的位置。

但店员不失时机地再次拎出了这条连衣裙，向她介绍：“我觉得这条连衣裙很适合客人您呢，春夏季节也流行这种条纹花色哦。”

正如店员所说，多香美也认为这条A字形的连衣裙很适合自己，尤其是能让形体的线条看起来更流畅。

“今年也流行条纹吗？”多香美问道。

“嗯，很流行！”

店员的回答充满自信。

其实没什么好怀疑的，因为条纹就是会定期进入流行领域。

“我高中时代也流行过条纹。”多香美说道。

“原来如此。”

“虽然已经是十多年前的事了。”

不过六年前也流行过。那一年的同学会上，条纹花色的服装简直多到令人目眩。而那次多香美则穿着米色的麻布礼裙，结果反而成了引人注目的那一个。但当时她的心情很不舒畅，甚至还有人拐弯抹角地评论那条礼裙毫无风情可言。实际上，它并不落伍，毕竟是某品牌的新款，在时尚杂志上被屡次介绍，十分畅销，而且是年内添置的，价格也不算便宜，然而这依然行不通。要是她挑了更时髦的款式，那么又将会在另一个角度上成为众矢之的，被暗地里说是“努力买下了衣服，但完全驾驭不了，变成‘衣服穿人’了”。

那么，今年可能还是穿一条无可指摘的条纹连衣裙比较妥当。

“那么……您需要试穿吗？”

啊，但是……自己还在犹豫之中。

服务多香美的店员回过头来问道：“请问您还有其他中意的衣服吗？”

“不，没有了，总之我试试这件就行了。”

多香美嘴上这么说着，却再次将视线投向了模特人偶身上那条用蕾丝织成的浅青灰色连衣裙，思绪也跟着流动起来。

它和我马上要试穿的条纹连衣裙只差两万日元，这么看下来绝对是它适合。而且它也确实是刊登在时尚杂志上的那款。没错，我在阿满同学拿来的时尚杂志上见过它。要不我也试穿一下？可要是穿了，我肯定会想要那件浅青灰色的，接着就会把它买下来。但穿着它去参加同学会的话，六年前的往事不就要重演了吗？索性把两条都买了吧，其中条纹的那条留给同学会……不行不行，预算不够。我上个月才刚买过衣服，我那个小气老公还说了好多阴阳怪气的话，这个月可不能再这么乱花钱了。不过绝对是那条浅青灰色的更漂亮。不行不行，它不适合同学会，因为太扎眼了，到时候我又要被人议论了，说‘钓到金龟婿的人果然不一样哦’。然而，我丈夫远称不上“金龟婿”，不过是分家的女儿嫁给了实业家而已。而且他号称实业家，其实也就经营着三家饮食店、一家健身房、一栋租赁大楼，何况还经营得勉勉强强，论赚头只比工薪族的平均收入强一点。都怪他是二婚，到现在还得继续付给他的前妻赔偿费。那个贪婪的女人太过分了，开口就要我丈夫的一半收入。不，这还不够，再加上给孩子的抚养费，总之不管我们当月亏了多少，这些费用都得一分不差地给出去。不仅如此，她甚至会跟踪我们。这阵子我一直接到陌生号码打来的无声电话，肯定是他前妻搞的鬼。真是的，什么人哪！

“客人，您还有什么需要的吗？”

看多香美迟迟不往试衣间走，店员略为不安地出声问道。

“还是要麻烦你让我试试那条浅青灰色的连衣裙，可以吗？”

“当然可以！”

店员的眼睛马上就亮了起来。

+

“哎呀，果然！”

多香美在镜子前小声感叹道。

“这条果然特别漂亮。”

她之前试的条纹连衣裙也并不差，只是这条浅青灰色的实在太适合她了，包括她介意的体型问题也能被完美地隐藏起来，而且看着反倒很显苗条，腰部到髋部的曲线剪裁尤佳。届时可以戴一条双层珍珠项链，再配着上个月买的真丝开襟外褂，简直完美。

啊……真该买它才对吧？

果然还是不行。

“这就是你的坏毛病了！”多香美想起了公美子不知何时对她说过的话，“多香美，你总是避开自己最想要的东西，选择退而求其次。”

她说得对，但这么做的不光我一个，父亲、母亲、哥哥都会刻意跳过真正的心之所向，毫无怨言地转向第二或者更低的选项。大家时刻都铭记着要约束自己的欲望，这才合乎我们的身份。而这正是身为分家的生存智慧。即使我像六年前的同学会那样遵从自己的本意，也只会留下丢人的回忆。合乎身份非常重要。毕竟我就是靠着把它贯彻到底，才能顺利走到现在的。

从幼儿园起，我都一直甘愿当一个二线角色，所以从没惹出过大麻烦。

“是吗？多香美同学，你其实很希望自己更受瞩目吧？”

这又是班上的同学在什么时候跟我说的？对了，是那个嘴上老爱摆出一副刻薄样的姑娘，绰号叫作“评论家”。

“多香美同学，你和公美子同学都挺自恋的，既想引起别人的关注，又很贪心，却硬生生地把这些欲望都扼杀了，感觉你们的性格也因此变得很复杂，或者该说是一种扭曲吗？活得坦率点如何？就像阳奈子同学那样。”

阳奈子同学？哦，柏木阳奈子同学啊！

那个独来独往、老是在教室一角看书的柏木阳奈子。她倒未必是受欺负了，只不过没人想接近她。但这也没办法，毕竟她本人就设着结界，活在自己的世界之中。她肯定很喜欢独处，喜欢朴素低调地读着书。

“不是的，她之所以这副作态，是因为她觉得自己与众不同哦。她把别人都当成笨蛋呢，可看不起人了，就和你们一样。”

和我们一样？

“没错，班上的同学全都一样，小瞧别人，觉得自己才是女王，对吧？”

我可没讲过这种话，还“觉得自己与众不同”呢？这么说来你才是最恶劣的，其实你想当上我们班的女王大人吧？

“我就免了。当女王简直是世界上最不划算的事。所谓女王啊，说白了就是给人看笑话用的，跟活祭品似的，别人都只管把女王抬上神轿，对女王敲锣打鼓。你也明白这一点，所以才会往后退上个一两步，安安稳稳地待着，同时等着看那些女王派头的人栽跟头闹笑话，对吗？”

女王派头的人？

“比如公美子啰，你讨厌她吧？”

好一个冒昧的问题，但时至今日，多香美已经完全不记得自己当时是如何回答的，或许根本就没有理睬对方，直接起身离开了。

“您觉得怎么样？”

店员的声音从试衣间的门帘外传来。

“请稍等一下，我就快试好了。”

+

嗯，这条就好。多香美从店员手中接过纸袋，轻轻点了点头。

这下可不会出岔子了，只不过啊……

多香美回头看去。

店员搓着手问道：“您还有其他想看的吗？”

“没事，不用了。”

就在多香美走出精品店时，一团白乎乎的东西从她眼前经过。

原来是马路对面有个新娘，正挽着婚纱拼命往前走，她周围还有三名男女，也豁出老命拎着她的披纱和裙摆，防止它们垂到地上。

这是什么情况？哦，对了，这附近有一家漂亮的花园式酒店，估计她是去那办婚礼的。

太可怜了——这个新娘子大概是在隔壁的美发沙龙做好了造型，但偏偏雨一直下到今天早上，路上一片泥泞，搞得她的白裙摆上沾满了泥浆。

就算如此，也不必这么拼命挽裙子啊，腿都被人瞧见了，这副邋遢相算什么呀？把婚礼上宛如女王般闪闪发光的新娘放在这种泥巴路上，简直滑稽得仿佛跑错了场子，像是走向断头台的玛丽·安托瓦内特皇后。看看周围的人，全在用困惑的眼神注视着她，其中既没有羡慕，亦没有向往，有的只是同情，甚至还有人在嗤笑。碰上这种情况时，白色服饰真是过于惨烈了。

简直和六年前的我一模一样。六年前的同学会在酒店的大露台上举行。那是一个初夏的午后，轻吹的海风和优雅的气氛正是选择该地点的用意所在。然而我却玩命似的挽着裙子，在暴雨中来回奔波，只求一个避雨的屋檐，却被不知什么东西绊倒了，摔得结结实实，难得准备好的裙子也沾满了泥巴和雨水的污痕，整个人都狼狈得不行。之后雨很快就停了，同学会也得以继续，可唯独我一个人像块破抹布。

“哎哟哟，真可怜呀。”周围都是这样的说话声，当时我简直羞得想死。

这个新娘子肯定也是同样的心情。这种感觉，真不愿再经历一次了……所以这样就好。选择条纹连衣裙才是对的。

多香美把挽在胳膊上的购物袋挎上肩，快步向大路走去。

3

（二〇一四年六月十六日　周一）

不过……果然还是那条浅青灰色的连衣裙更漂亮啊。

多香美突然停下了手中的刀。

这个想法从昨天起便一直占据了她的大脑。那条可怜的条纹花色连衣裙至今还躺在购物袋里，被她扔在玄关口。她的丈夫已经发了三次脾气，叫她赶紧收拾好。男人比她年长十岁，因此批评起她来就像在训小孩。

什么嘛，教训别人之前请先反思一下自己。我知道你在搞外遇呢。你这人的男女关系到底有多混乱。一碰上女人就不管不顾了。你搞清楚，我之所以乱花钱，全都是你害的。你玩得太狠了，搞得我积攒了很多压力……

尽管她想如此反驳，可终究还是放弃了。

“没事没事，条纹很好，很适合我。”

多香美小声自言自语着，同时把砧板上散乱的药草碎归拢起来。

她的宝妈朋友下午要过来，她得提前准备好茶水。

啊，有电话！难道又是无声电话？没错，肯定又是那个女人！那女人特别偏执，但我又不能不接。

她轻轻地把双手在围裙上擦了擦，拿过吧台上的电话子机。

+

怎么可能！那是柏木同学？我们班的柏木……阳奈子同学？

“是的，就是那个‘小土妹’。”

“小土妹”是她们当时给柏木阳奈子起的绰号，理由当然就是因为她毫不起眼。但现在电视画面上出现的女性光鲜亮丽，与“土味”毫不沾边。

多香美切药草时，电话铃响了。是公美子打了电话过来。

“怎么了，你不上班吗？”

“我今天请了带薪假……先别管我了，你快去看电视。”

多香美家的电视机刚好开着。

“你看第七频道，现在有个谈话节目，快点……”

虽然不知道是怎么回事，不过多香美还是摁下了遥控器上的数字“七”。

电视画面上出现了一张面部特写，她觉得这张脸很眼熟，但要是没看到用花字标出的大名，她绝对想不起来对方是谁。毕竟她从没认真看过“小土妹”的脸，甚至都认不太出来。

“这人真的是‘小土妹’？”

多香美目瞪口呆地盯着电视。

“没错，”公美子郁闷地说道，“肯定是她！”

“欸，是吗……”多香美本打算用平静的语调回答，可声音还是带着微颤，“她居然成了漫画家，我完全不知道呢。”

“我倒是知道有个叫柏木阳奈子的畅销漫画家，但没想到就是她，只觉得最多是同名同姓。”

“原来如此。我根本不看漫画，所以不知道呢。”

多香美依然摆出毫无兴趣的姿态……她确实对漫画没兴趣，对“小土妹”也是同样，此刻的她却觉得自己被一阵烦闷袭来，疼痛的感觉在体内发酵，异样的感受在心中蠕动，到底为什么会涌现出这样的感情呢？

“小土妹”……柏木阳奈子身上穿的是那条连衣裙呢。那条用蕾丝织成的浅青灰色的连衣裙。她毫不犹豫地穿着我放弃了的裙子，就这么大摇大摆地穿着，仿佛那是为她量身定制的一般。而且还穿得那么漂亮得体，连发型都很时髦，化妆也十分出众。

“她会去的吧？下个月的同学会。”公美子的语气仍旧闷闷不乐。

嗯？同学会？

“谁知道呢。”多香美像个演技拙劣的演员在照本宣科地念台词般说道，“她至今为止一次都没参加过。”

“是吗？那么她这次也不去？”

“嗯，不会去吧？怎么了？公美子你要参加吗？”

“这……你看啊，这次同学会不是兰圣学园创立一百周年的纪念活动吗，那么最好去露个面吧？但要是‘小土妹’也出席的话，我还是不去了……”

“为什么？”

“哎哟，你懂的嘛。”

如果“小土妹”参加同学会，公美子好不容易才得到的“秀场”就要彻底变成对方的舞台了。她会“偷”走“兰圣出身的名人”这一称号。难得能让公美子当上女主角的机会便失去了。

原来如此。这是势头良好的新晋编剧和畅销漫画家之间的无声战争呢……战况或许会很有趣哦。

多香美感到自己心中那股浓稠翻涌的阴暗情绪转眼间便被另一种情感所吞噬。她又恢复了平时的心态，半是好玩半是恶意地等着看好戏。

“没事，她不会去的。”多香美自信地说道。

“你凭什么这么肯定？”

“因为她回函说不参加嘛。”

她撒谎了。但这也不完全是假话。她每年都往柏木阳奈子的老家寄邀请函，但对方从没回复过，也从不去会场。因此今年十有八九同样不会出席。

“这样啊？不过你怎么知道的？”

“我直到前年为止还一直是同学会的干事呀，眼下也在给现任干事帮忙呢。”

“是吗？”

“我有个宝妈朋友在做干事，就是‘评论家’啦，你记得她吗？”

“评论家？哦！那个嘴很毒的？”

“嗯，她也留在我们这里。”

“欸？她不是去东京念大学了吗？没错，她想当牙医来着。”

“对，虽然最后没当成，不过她在我们这里找了个当牙医的男朋友，现在是牙医太太哦。”

“哟，原来如此。”

“她从去年开始担任干事，负责第八十九届学生，我看她一个人负责这些工作很不容易，就去搭手了。”

“你什么意思啊？”公美子的口气里满是责怪，“你这不是一开始就决定要参加同学会的吗？还说不一定去。”

“当时我确实有点犹豫嘛。不过我已经买好在同学会上穿的衣服了。”

“你打算穿什么？”

“条纹啊，我买了一条条纹花色的连衣裙。”

“哦，那么我……”公美子说到一半便住了嘴。节目中，各路名人正盛赞着“小土妹”那引人注目的成就。听筒中隐约传来了公美子的咬牙声，随后她再次追问道：“‘小土妹’真的不参加吗？”

“嗯，不参加。你放心。”

“真的？”

“真的啦，所以你要到场哦，我们一起去吧，好吗？”

“……既然你都这么说了，好吧。”

+

好嘞！多香美放下听筒，随机迅速拽过电话本。回忆着柏木阳奈子的老家，应该是车站前那家柏青哥店。往那里打个电话估计能联络上……

“我是兰圣学园的毕业生，我叫大崎……不对，我的旧姓是本田，叫作本田多香美。我和阳奈子同学在高中时念同一个班，我俩关系很融洽。我希望阳奈子同学务必出席这次的同学会，所以想向您请教她的联络方式——”

哎呀，他可真是的，怎么忘带手机了。

多香美发现她丈夫的手机就在电话座机旁。

此时手机收到了一条短信息。

她从没想过这么做，因为只有低俗的女人才会做出这种行为。但此刻，她就是在意极了。她一边嘀咕着“神啊，我就干就这么一次”，一边偷看起了短信。

骗人！怎么会是阿满同学？

为什么？

“喂，你好？喂？”

一个年迈的女声在听筒那一头招呼了好几次：“你好，久等了，阳奈子现在的电话号码是——”

4

（二〇一四年六月二十三日　周一）

松川凛子法律事务所。

“你有关于处罚的线索吗？”

听到松川凛子的提问，铃木咲穗的脸色瞬间变得惨白。她目不转睛地盯着桌面看了一会儿，随后握紧了双拳，抬起头来，说道：“虽然很不好意思——”

“别担心，我会好好听着。”凛子拿起笔，笔尖落在了活页记事簿上。

“我有个同班同学，也是我的宝妈朋友，我们现在还有往来。”

“同班同学——宝妈朋友。”凛子口中复述着对方的话，手中运笔如飞。

“她叫大崎多香美……旧姓是本田。”

“大崎多香美……旧姓本田……”

“她很惹人厌，我以前就非常不喜欢她。”铃木咲穗的语调突然强烈了起来，“怎么说呢……她很装，总是装出一副好学生的样子，其实本性特别阴暗，不过她隐藏得很好。给我起绰号的人就是她。”

“绰号？”

“嗯，叫‘评论家’。”

“评论家……”

“没错，说我嘴巴毒，真是不可置信。确实，我讲话不怎么留余地，但那是因为她太阴险了，表面上扮演着谦虚的好学生，暗地里却搞着各种坏心眼的事，很恶劣呢。我只是为了教训她才嘲讽她的，您不觉得这总比背后说别人坏话强吗？可她却给我起绰号。”

铃木咲穗的拳头捶在了桌上。

凛子觉得对方似乎着恼了，心想着还是先缓和一下气氛比较好，于是便微笑着说道：“‘评论家’在绰号里还算可以的了，我高中时甚至被同学叫成‘法律大妈’呢。”

“法律大妈？”

“是啊，刚入学没多久，我就搬出法律条款提醒同学们……比如要是有人撒谎逃避打扫工作，我会说刑法第×条禁止撒谎，刑罚是×××云云。结果她们很快便给我安上了一个‘法律大妈’的绰号，感觉可真讨厌。”

这里其实是个笑点，然而铃木咲穗却毫无笑意，凛子咳嗽一声，继续问道：“这位大崎多香美小姐怎么了？”

“总之我讨厌她，讨厌得不得了，和她相处就觉得火大。”

“就算这样你还和她来往？”

“没办法啊，我们都留在家乡，又都是兰圣毕业的，所以再怎么讨厌她也不得不相互走动。”

“原来如此。”

“但六年前的同学会上发生了一件让我无论如何也没法原谅她的事。当时她是同学会的干事。按她的说法，会场选在一家风格比较悠闲的饭店，大家聚在花园里吃个午餐，所以穿着随意点就好。我就真的穿着休闲装去了，结果大家都穿得很正式。我心想自己被骗了，但她还一脸若无其事的样子，我就绊了她一跤。”

“绊了她……一跤？”这也太无聊了，凛子停下了做记录的手。

“是的，当时突然下雨了，大家都急着往屋檐下头跑，我不自觉地趁乱绊了她，她整个人扑倒在地上，精心挑选的连衣裙也沾满了泥巴……”

虽然你的行为很无聊，但这明显就是犯罪。凛子放下笔开口道："你干了坏事，而且已经构成犯罪了。"

"嗯，我明白，所以我这次才会收到邀请函啊……说明我要被'处罚'了。"

+

（二〇一五年五月二十日　周三）

"绊人确实是犯罪，但六月三十一日的同学会只是恶作剧吧，所以你不用介意，而且都过了六年了。如果你无论如何都放不下心，就去跟多香美女士道歉吧。你看呢？"

……当时凛子说完这番话后便让铃木咲穗回去了。

但只隔了一天，凛子就通过新闻得知了大崎多香美的死讯。对方死于氢氰酸。凛子总觉得这个死因有蹊跷，但工作实在太忙，因此不知不觉便淡忘了对多香美之死的疑惑以及铃木咲穗的事。

直到这一封邀请函唤醒了她对大崎多香美和铃木咲穗的记忆。

那是同学会的邀请函，举办日期是六月三十一日。

"别在意，只是个恶作剧。"

尽管她对铃木咲穗如是说道，但当自己也收到的时候，怎么都很别扭。

她翻开活页笔记簿的地址记录页，找出了“铃木咲穗”的信息。

就在拿起听筒，刚想联系对方的前一刻，她感到头痛欲裂。接着，她倒在了地上，就像一只从架子上滑落的人偶。

第四话　结衣子的疑惑

1

（二〇一五年五月二十日　周三）

是谁？

松川凛子感觉有人来了，便缓缓地从地上抬起头。

“松川律师，您没事吧？”

原来是帮她处理事务类工作的海藤小姐。对方一边关心着她，一边轻轻地将手放在她的背上。

“嗯，没事，我刚打算坐下，结果一下子没坐稳……真是的，丢人了。”凛子脸上浮现出羞惭的笑容，撑着椅子站起身来，“岁数到了啊。”

“您是累着了，昨天不也通宵了吗？”

“唉，我睡过一会儿的啦。”

“‘睡一会儿’可不行，必须得好好睡觉。对了，您这是要联络哪位啊？”

海藤小姐捡起掉在地上的活页笔记簿。

“哦，我有些在意的事。”

“您说一声，我来联络对方吧？”

“没关系，也不是特别重要。”

接着，凛子把办公桌上的邀请函扔进抽屉里，仿佛要把它藏起来一般。尽管没有这个必要。

“对了，跟您约好做法律咨询的客人已经在接待室等着了。”

凛子闻言看了看钟表。

十一点，已近临近中午了。

怎么这个点儿了？今天的工作还没处理呢。考虑到约了人，我本来打算在中午前完成一份文件，而且下午还有一个电视节目的录制工作。但没办法，法律咨询也是重要的工作。

凛子拿起活页笔记簿，往接待室走去。

+

“我是兰圣学园第八十九届学生，我叫福井结衣子。”

一名女性自报姓名，同时静静地递出名片。

凛子接过名片，表情却明显诉说着“怎么又来一个”。

真是的，又是兰圣的人。她们知道我是兰圣毕业生，就一个接一个地跑过来，而且聊的净是些无聊的事。从婆媳问题到恋爱烦恼，有时甚至还叫我给她们介绍手艺好的造型师……我又不是城市信息黄页。在那场官司中取得成功之后，这种情况更是变本加厉，这个月已经来过四个人了，这是第五个人。上礼拜有个兰圣毕业生的仓鼠不见了，来托我帮她找，说是认识的包打听介绍过来的。再之前还有人希望我调查她家人的品行。我这里又不是侦探事务所。

接着就是今天这位。她是第八十九届的，那么今年应该二十九岁。和柏木阳奈子、大崎多香美同一届。

“是的，我和她俩同班。”

福井结衣子用毛巾帕掩着嘴小声说道，宛如告密一般。

“同班？”

“嗯，高中三年都同班。”

“毕竟兰圣学园的高中部基本不会重新编班嘛，据说是为了让学生们能够在多愁善感的青少年时期构筑起持续一生的友谊……不过我觉得这种制度其实有利有弊。”

“现实正如您所说，”福井结衣子点了两次头表示赞同，仿佛在说凛子讲得太对了，“对那些在班里待得舒服的人来说，的确可以度过美好的三年时光，但是……在那些没能成功和同班同学建立友谊的人眼里，这三年就是地狱了。”

“地狱？”

这说法也有点夸张了吧？凛子这么想着，不过整整三年都被关在同样的空间里，又没有朋友，确实有可能堪比地狱。她的思绪突然飘远，回想起了自己的过往。

唉，当时的感觉真不怎么好受。身为免费生的压力自然不用多说，而高中才加入的自己不是正统的兰圣学生，因此无疑被当成外人对待。尽管没有挨欺负，但大家都对她保持着些许距离。

但在凛子看来，这份距离感倒也不尽是坏处，反而把她从烦人的抱团行为和人际往来中解放了出来，让她能集中精力学习。不得不说，日子过得还是挺舒心的。至于孤独与否，其实只要能习惯这种状态，便能得到无上的自由。不过话虽如此，大部分人在适应之前便被孤独压垮了吧。

那么，凛子眼前这位女性又是哪种人呢？她会因为讨厌孤独而死死抱住名为牵绊的障碍吗？又或者属于别的类型？

“我不是那种特别细腻的人，只是个普通的学生。”福井结衣子说道。

“普通地结交朋友，彼此间保持普通的往来，有时言不由衷地吹捧一下别人，有时则相反。”

“相反？”

“我说了违心的话，伤害到了重要的挚友。”

“违心话？”

“我当时有个非常要好的朋友，她又漂亮又时髦，品位不凡，擅长运动，性子又好，家庭还很富裕，只是成绩比我稍微差一点。所以学习成绩便是我唯一的支柱了。但有一次，她的分数超过了我……我装出一副无所谓的样子，结果果然还是觉得羞耻，在她面前说了她的坏话……伤了她的心。”

“嗯，相互伤害也是在那个年龄阶段特有的友情证明嘛。长大之后就会避开麻烦，连吵架都觉得麻烦。”

“您说得对……”

福井结衣子盯着眼前的茶杯，那是海藤小姐方才端过来的。

“啊……”

福井结衣子突然把视线投向空中，然后顺着四壁把整间接待室打量了一圈。

“怎么了？”

“嗯？”

“茶水有问题吗？”

“不。”福井结衣子的目光总算回到了茶杯上，她慢慢握住杯把，却在将杯子送到唇前时停下了动作，说道，“总觉得挺眼熟的……不过也可能搞错了。”

“眼熟？”

“没事，是我的错觉而已。”

然后福井结衣子又把茶杯放回了茶托上。

凛子撕开砂糖包的顶部，将砂糖倒入茶水中，心想着对方有些难搞。

“那么，你今天来找我商量什么事呢？”

“嗯？”福井结衣子仿佛刚刚想起有这么回事般抬起眼看着凛子，“嗯，确实有事找您……”

说到这里，她重新握住了刚放回去的茶杯，继续道：“我也许会被杀。”

“啊？”

“我是说我会死。”

她边说边慢腾腾地喝起了茶，就好像茶水中有毒似的。而她的眼神依然透着不安。

凛子曾多次在刑事责任能力存疑，且最终被判无罪的委托人脸上见过这种表情。

“……你为什么会这么想？”

凛子就像个学校辅导员般温和地问道：“请问理由是？”

“松川律师，您知道‘六月三十一日的同学会’吗？”

“六月三十一日的同学会？”

又是它？据说受邀出席六月三十一日的同学会的人会受到“处罚”……

凛子在兰圣学园念书时也听过这些所谓的“校园七大不可思议事件”，算是都市奇闻的一种。

搞什么啊？大家都这么在乎这件事。在校生倒也罢了，连成年人都跟着瞎折腾？

“这就是个传言，有人在恶作剧呢……”

“不是的。”

福井结衣子直视着凛子，答道：“它是一部戏剧，剧名就叫作《六月三十一日的同学会》。”

“戏剧？”

“嗯，您应该也知道的那个同学会传说。我们班当年在学业发表会上表演了以它为主题的戏剧。”

“学业发表会啊。”

福井结衣子的话勾起了凛子的怀念之情。

学业发表会是兰圣学园从小学部到高中部全员参加的活动，学生以班级为单位展现自己的学习成果，表现优秀的班级能够得到奖励，表演内容由各班自行决定。其中有些班级会表演合唱或原创的舞蹈，而有些则会发布研究成果。从高中阶段进入兰圣的凛子也经历过三次学业发表会，高一那年研究了家乡史，高二拍了八毫米电影，高三则推出了组合体操，不过凛子忙于准备高考，因此并没有参加最后一年的项目。

“我们班在高一时表演了原创戏剧。”

“原创戏剧吗？”

“嗯，我们把传说中的‘六月三十一日的同学会’作为题材，评价相当不错，还获得了那一年的‘最优秀奖’。”

“真厉害呀，‘最优秀奖’很难拿呢，我们班也曾以它为目标，但最后只拿到了‘拼搏精神奖’。”

“松川律师，您看过吗？”

“看过什么？”

“我们班的那部戏。”

学业发表会会请很多毕业生来当评委，凛子每年都收到邀请，却从未去参加过。

“抱歉，没看过。”

找个拙劣的借口总让人觉得怪怪的，于是凛子干脆地答道：“我不擅长应付那种场面，所以一次都没去叨扰过呢。”

“这样啊……”福井结衣子遗憾地垂下了肩膀，“这真是一部很好的戏。”

“怎么了？”

“嗯？”

福井结衣子再次看向空中。

凛子重复了一遍问题：“你们班的戏怎么了？”

福井结衣子环视四周，随后点了点头，回答说："哦……班上一半同学负责幕后，一半上台演出，大家是抽签决定这两类分工的，我抽中了演员签，虽然有些难为情，但还是上了舞台。"

接着，福井结衣子开始了没完没了的叙述，一直诉说着编排期间的各种事情，非常无聊，凛子觉得继续听下去会给自己的人生造成重大损失，便打断道："嗯，我已经很清楚了。"

但对方并没有收口。

"我得简单说明一下这部戏的梗概……"随后，她仿佛终于说到了高潮，双肩簌簌发抖，就像舞台上的演员一般提高了音量，"学生们一个接一个来到某家酒店内部的餐厅，但她们其实都死了。"

"死了？"

"嗯，死了。因为收到了六月三十一日的同学会邀请函。"

"这是个恐怖故事啊！"

"是的，它融合了恐怖和推理要素。这群聚集在餐厅的学生们要推理出自己为什么会死，以及这场同学会意味着什么。"

"原来如此。"

这确实像是学生所喜爱的内容。凛子咬牙苦笑着，同时看了看定时器。一般说来，法律咨询时间是三十分钟，现在还剩五分钟。她琢磨着在剩下的时间里随便应付一下，然后委婉地送个客，可福井结衣子又发话了。

“……阳奈子同学和多香美同学都演了这部戏。”

对方挺了挺背脊，似乎总算要谈正事了。

“而且她们演的都是被杀死的学生。”

“嗯？”

凛子好不容易听出了正题，便调整了坐姿。

“您知道的，阳奈子同学遭遇了那种事，多香美同学也……”

“嗯，我知道，她们都去世了。”

“是的，前几天又出事了，尽管不是凶杀案……一个同样扮演了被害角色的学生自杀了。”

“什么？”

“就是说，已经有三个演了这部戏的人去世了……这是偶然吗？”福井结衣子攥紧了毛巾帕，继续道，“我也演了一个被杀的学生。”

定时器响了起来，福井结衣子的视线不安地游移着，仿佛惊讶于咨询时间已经结束了。

凛子则轻轻关掉了定时器，说道：“没事，请继续往下说。”

+

说实话，我已经不记得六月三十一日的同学会了。不管是这个传说本身，还是自己曾经演过这部戏。

我其实相当现实，并不相信幽灵、飞碟之类的东西。学生时代，班上同学都在为灵异照片和碟仙而亢奋，我却从没对它们上过心。

我回想起六月三十一日的同学会时，距离多香美同学和阳奈子同学的死已经过去一阵子了。当时我看到报纸上有报道说，把阳奈子同学从天桥上推下去的犯人才被判处实刑两年六个月。我非常愤怒，心想着杀人犯居然判得这么轻。但考虑到这种人只要再过短短两年六个月就会回到社会上，我又很害怕……再加上她不也是兰圣的毕业生吗？我脑子里出现了老妖婆找活祭品的形象，吓得浑身发抖。与此同时，我收到了“六月三十一日同学会”的邀请函。

难道下一个是我？我瞬间就被这种妄想牢牢抓住了。再接着，我便想起了我们班那部原创戏剧——《六月三十一日的同学会》。事实上我不怎么喜欢这部戏剧，因为它脱离现实，荒诞无稽，还非常恐怖，而我对这些要素一点都不感兴趣，甚至觉得挺无聊的，所以我已经记不清故事的具体内容了。确实，我也参演了这部剧，不过仅仅是个群演，只说了大约两三句台词，刚出场不久就死了，连剧本都没认真看过。但我对最后的一幕印象深刻，现在依然记得清清楚楚。一袭黑衣的老疯婆子，挥舞着柴刀，逐渐消失在黑暗之中……

没错，这个老婆子在六月三十一日的同学会里担任干事，也是将学生们逐一送入地狱的始作俑者。我把这一幕和杀害阳奈子同学的犯人重合了，于是陷入了轻度的恐慌状态。毕竟多香美同学和阳奈子同学都死了啊，而她们在那部戏里和我一样扮演了被杀死的学生，包括前几天自杀的那位同学……这说明我就是下一个吗？

然而这种妄想只持续了一天，到第二天便被我忘得一干二净，因为每天的工作都能把我忙疯。我是公司销售团队里的一员，而且我的岗位责任蛮重的。我工作的公司还是一家新兴企业，不过每年的销售额都以亿为单位，经营得很出色，就快要上市了，因此工作强度的确很大，而相应地，薪酬也给得很足。不是我自大自夸，其实我去年的年收入有九百万日元左右，今年估计能到一千万日元。在我这个年纪就能拿到这个数字，已经算不错了吧。而且还是靠我自己赚来的哦。

对了，我前些日子和同一届的老同学们在一场小型同学会上见了面。不出所料，大家都不着痕迹地相互打听着对方的年收入，其中有个同学一脸无所谓的样子，大概她觉得自己的收入是最高的吧。因为她老公是医生嘛，又住在横滨的高级住宅区，所以会这么想对吧？

但我还是觉得哪里不对劲。这钱又不是她自己赚到的，有什么好得意的。我可是只靠自己的才智便达到年收入近一千万日元呢，这个包包也好，这个首饰也好，能买下它们是由于我有出息，而你却靠老公养着，一旦他不要你了，你就只不过是个失业妇女罢了。

当然，我没说心里话，只是用羡慕的眼神看向她，苦闷地表示："我也好想结婚，当一个优雅的全职主妇。"这番拙劣的演技过后，有人向我甩出一个问题："对了，结衣子同学，你母亲还好吗？"提问的是留在家乡给家里帮忙的雪乃同学。

多提一句，我现在离开了家乡，在中目黑的公寓独居，我母亲住在老家。我还有个已经出嫁的姐姐，父亲则在五年前去世了。

"我母亲……怎么了？"我反问了回去。

说起来，我最近都没见过母亲，上一次见她还是……一年半之前了吧？其实我很不擅长应付她，怎么都聊不到一块儿去，最后肯定会吵架，所以我们不知不觉便疏远了。父亲在世的时候还能当个缓冲器，但如今我和母亲已经比陌生人还陌生。我觉得我母亲肯定也不怎么挂念我。她一直对体弱的姐姐寸步不离，把我放在第二、第三位……不对，是几乎从不关心我。

亲子之间也存在所谓的投缘之说呢，就算血脉相连，到底还是会有亲疏之分，总之我吃不消她。只是在外人眼里，她是个很能干的母亲。我父亲不务正业，这辈子就没个安定的职业，她便代替父亲支撑起了整个家，不分昼夜地工作，把我们养大。

嗯？您问我母亲的工作？

是药剂师。

她打理着我老家代代相传的药店。按她的说法，我父亲没能考上药剂师，为了填补这个缺陷，便娶了身为药剂师的她。或许是因为她比我父亲年长，我父亲就完全依赖她了，索性放弃了药剂师资格考试，选择按自己的兴趣生活。

我父亲有什么兴趣？

他啊，兴趣很广泛呢……最喜欢的是电影，好像梦想着当上电影导演。不，也不是梦想，其实他做过类似于电影的独立作品，甚至在名片上印了“影像作家”的头衔，还到处派发，因此都有人管他叫“导演”了。唉，他不够格当电影导演，所以我觉得他退一步写个“影像作家”也不是撒谎，可果然还是跟不务正业没有区别，毕竟他没有收入，只会往外跑。我母亲有时会对父亲恶言相向，但我倒很喜欢他。

这就是所谓的投缘吗？姐姐黏着母亲，而我亲近父亲。不过我们家是母亲的城堡，她是家里的女王，那么从站在父亲一边的我看来，家里自然哪里都不舒服。于是我很早就决定要独立出去，高中毕业后也没有直接升入兰圣的短期大学，而是上了东京的专科学校，开始一个人生活。

母亲好像希望我进药学部，因为念了药学专业的姐姐在大学期间奉子成婚，还退学了，所以她大概觉得只有我能继承家业。她把我逼得很紧，我就像是为了反抗她一般，选择了自己不感兴趣的服装类专业院校。

由于动机不纯，我对专业适应不来，才读了一年就退学了。我母亲叫我重新考个大学，我却无视她的意见，去派遣公司做了求职登记。我只有高中学历，接不到多少工作，然而在二十二岁那年，我被派遣到了现在的公司，并在第二年就成为正式员工，一直干到现在。

我母亲很在意学历和体面，父亲也经常被她冷酷的言语所伤害，然而学历并非人生的全部。哪怕像我一样只念了高中，依然有可能凭借自己的努力和才智当上赢家。不过赢家这个说法有些过时了吧？现在已经不流行了哦？毕竟现在是所谓的佛系时代嘛，很多人都觉得用社会地位和金钱来衡量人生是没有意义的吧？但我觉得这与其说是“佛系”，不如说是“自暴自弃”。人与人的差距已经固化，与其苦苦挣扎却掉入下层，还不如乖乖扒紧自己目前所处的阶层。当今社会不就是这么回事吗？

可这真的好吗？

比起“自暴自弃”，倒更像是“被迫放弃”的吧？

没错，大家都被上层阶级驯化得称心如意，对他们而言，阶层低于他们的人最好一直都这么“佛”下去，如此一来他们便可以高枕无忧了。所以他们拼命把人人有机会踏上的上升渠道给藏起来，不然一不小心，一旦普罗大众开始瞄准他们所在的阶层，他们的地位就会受到动摇。因此，无论使用多么肮脏的手段，他们都绝对要守住当前的位置。

要说的话，我母亲其实也是这个思路。尽管达不到上层阶级的高度，她还是对药剂师这一职业抱着特别强烈的荣誉感和执着心，并且死抱着这些不松手。

我觉得这就是些小家子气的自尊心。

您知道药剂师的年均收入吗？顶多五百三十万日元哦。

当然了，她好歹经营着药店，不过赚的也就比这个数稍多一点。但却还是摆出一副了不起的样子。

那么傲慢。那么瞧不起人。

父亲死的时候是什么心情呢？可能带着平日里对母亲的自卑感吧，遗容凄惨。

而父亲的葬礼结束后，母亲则一脸神清气爽。

是的，就因为那场葬礼，我对母亲的怀疑终于出现了清晰的轮廓，变得具体了起来。

父亲是被母亲杀死的吧？

某天他突然就去世了，我听到的死因是心力衰竭。

再也没有这么好用的病名了，据说有很多自杀、意外身亡以及被杀的死者都会被当成心力衰竭处理。

“是心力衰竭。”

这句话我至今已经听过好几次了。最早是在我爷爷去世的时候，第二次是我伯母去世的时候，第三次是我奶奶去世的时候，全都是和我母亲合不来的人……之后每当不幸降临，我也总是听到同样的一句“心力衰竭”。

“是心力衰竭。”

这是某种咒语吗？

嗯，是我母亲所创作的死亡咒语。她有能力杀人而免遭怀疑。毕竟她什么药都会处理，而我老家也有很多致命的药物。

但我总是尽量不去思考这个问题。就算合不来，她也的的确确是生我养我的母亲。

可是——

前些天老同学聚会时，雪乃同学开口了。她说：“你母亲还好吗？”

我反问：“她怎么了？”

“……我听到一些谣言。”

“什么？”

“只是谣言罢了，我也不知道真假。”

“所以到底是什么啊？”

“有人看到你母亲在弃狗。”

“狗？”

“嗯，好像是狗的尸体。”

那条狗是姐姐不知从哪捡回来的，当时我还是高中生。但姐姐很快就养腻了，母亲也忙，顾不上它，最后便由我来照顾。

它是条柴犬，名叫米可，非常可爱。在我离开老家的时候，它始终呜呜地叫着，声音很悲伤。

我一直很惦记它，但没想到它已经死了。

我给母亲打了电话，问道：“米可还好吗？”

“死了，是心力衰竭。”母亲回答。

+

福井结衣子的眼角隐隐噙着泪花。

“我之前回老家时它还很精神。确实，它不年轻了，可也就十二三岁，还没到衰老的时候呢……肯定是我母亲下的手。”

“你的意思是你母亲杀了它？”

“这是最符合实际的猜测。”

“你为什么会这么认为？”

“因为……以前发生过类似的情况。我念中学时，上学通勤的路上有只幼猫，我把它带回了家。我父亲喜欢猫，同意我养，我母亲也勉勉强强答应了……但才过了一个礼拜，我就发现它死了。还有我以前在庙会的夜市上买的小鸡仔也……”

“我明白了。”

松川凛子快速瞟了一眼计时器，规定的三十分钟咨询时间早已过去，现在都快持续一个小时了。尽管她顺着福井结衣子的话，延长了一会儿，但对方的叙述实在没有重点，要是由着她继续往下说，恐怕一直能说到傍晚。但凛子下午还得去录节目，所以现在该结束对话了。

“时间差不多了。”凛子把玩着计时器，抢着说道，“请你简单扼要地说明想找我商量的问题。”

“我刚才就说了呀，我可能会被杀死。雪乃同学也在那场小型同学会上指出说，当年演了《六月三十一日的同学会》的人都陆续离世，下一个会是谁呢……”

“但你不是说你不信那些吗？”

“嗯，可是……”

“如果你会遇害，又是谁要杀你？”

“我母亲。”

“所以你到底为什么这么想？”

“她讨厌我，觉得我这个不听她话的女儿很碍眼，前几天她也打电话给我了，把我骂得狗血淋头，还叫我索性去死了算了……”

“她只是嘴上这么一说吧？”

“不，母亲打算杀了我！我知道的！我有预感！”

“不管怎么说，你的思路都太过跳跃了，而且光凭你的预感，我也没法帮你。”

“那么我果然还是该找警察谈谈吗？”

“就算去找警察，也会得到同样的结果。”

“但警方最近在防范跟踪狂方面投入了很大的警力。”

“跟踪狂？”

“是的，我母亲无疑对我实施了跟踪骚扰行为。”

福井结衣子似乎被逼急了，死攥着手中的毛巾帕，说道：“我有证据！”

“证据？”

“嗯，您请看。”

接着，一张纸便滑到桌上。

“这是什么？”

“我的地址变更申请书，是我去邮局复印的。”

“……地址变更申请书？”

“这个月以来，我没收到过任何信件，心里觉得奇怪，便去邮局问了情况，结果得知他们收到了我的地址变更申请……请看变更后的地址。”

“这是……”

“是我老家的地址。”

“也就是说，本该寄给你的信件全都被转寄到你老家去了？”

“是的，是我母亲干的好事，这是她的笔迹。”

福井结衣子的食指用力戳着申请书的复印件，力气之大甚至在纸面上擦出了“嚓嚓”声。

“她擅自提交这种申请书，把我的信件全都集中到自己手里……这完全就是犯罪了吧？而且不止这样哦，我好像还被人跟踪了！我可怎么办才好啊？”

2

“这位福井结衣子小姐……”收拾茶杯的海藤小姐一边探头看向放在桌边的名片，一边试探道，“莫非是上个月来找您咨询的狭山女士的亲人？”

“嗯，好像是狭山路子女士的妹妹。”

狭山路子是兰圣学园第八十二届的学生。一个月前，她就坐在这张桌前找凛子商量关于妹妹结衣子的品行问题。

按狭山路子的说法，她妹妹在一家可疑的公司工作，给家人造成了很大的麻烦……说是会用投资之类的花言巧语，见谁逮谁地强卖一些奇奇怪怪的健身器材、水和首饰。

“上等人通信技术公司……”海藤小姐把名片上的公司名称念了出来，“这家公司不是通过传销手段做投机倒把生意的吗？宣传标语是‘成为上等人’。”

“是呀，我们事务所都接待过好几个受害人了。只是它的生意目前还处在法律的灰色地带，所以也没法进行检举揭发……不过它早晚会受到制裁的，我听说受害人已经开始组织起来了。”

“福井结衣子小姐在这种地方工作吗？那么她的家人想必很不容易。已经有很多受害人自杀了吧？因为都被迫背上了巨额的债务。”

正是这样。据说这家公司不光让人买下不靠谱的东西，甚至还搞高利贷，把顾客们逼上绝路。总觉得它和地下的非法钱庄有所勾连。狭山路子还说妹妹结衣子照着同学会名册，挨个劝说老同学们去贷款，其中有些人都直接找到她们老家去控诉自己的遭遇了。而每当这时，她们的母亲便将对方的贷款扛了下来。

“不仅如此，前几天终于有人自杀了。”

狭山路子掉下泪来：“她是我妹妹的挚友，高中三年间她们一直都在同一个班。她真的是个好女孩，因为信任我妹妹，所以贷了五百万日元。但才半年不到，贷款就利滚利涨到了三千万日元，她打算打工把钱还上，然而渐渐便无能为力了……结果选择了自杀。

她母亲也冲到我们老家来大吵大闹……我该怎么办才好？我和母亲都训过妹妹好几次了，她却一点都不听，还反过来冲我们发脾气，我们真的拿她没有办法。她会把陈年琐事都一条条列出来，抱怨说‘妈妈就知道偏袒姐姐，否定我的一切’。她从小就是那个脾气，又倔又偏激。光靠我们已经无能为力了，请问要怎样才可以阻止她那些愚蠢的行为呢？”

那时候，凛子是如此建议的：“那么，请你们去收集证据。你妹妹之所以会做出蠢事，元凶就是她所在的公司。为了证明它具有反社会性，我建议你们掌握好所有证据。既然想救她，最好的办法就是告发她的公司。当然了，你妹妹应该也会承担一定的罪责，到时候请联系我。”

然后她还给狭山路子介绍了征信公司。

结果，狭山路子和她母亲估计提交了申请书，要求更改福井结衣子的收信地址，以作为收集证据的一环。

总之，这次的问题出在福井结衣子自己身上，和《六月三十一日的同学会》没有关系。至于“演了这部戏的人一个接一个被杀了”的说法简直可笑。

虽说福井结衣子应该会受到来自社会的制裁，可这也是她自作自受。

没错，因此我不需要在意“六月三十一日的同学会”的邀请函，它不过是个恶作剧。

好，必须去做准备了。

离电视节目的录制工作开始还剩四小时。

3

“您会参加同学会吗？”

造型师突然改变了话题，手中的腮红刷也停了下来。

“同学会？”凛子从镜子中看着对方，反问道。

“前几天我收到了同学会的邀请函……正在犹豫是去还是不去。”

“不是挺好吗？能和初恋对象重逢，擦出爱的火花呢。”

“不会啦，因为啊……”造型师的手重新动了起来，继续说明，“我读的是女校嘛。”

对方抽出一张纸巾答道。

“咦？这样啊？”凛子没想过这种可能性，镜中映照出了自己备感意外的表情。她立刻掩饰道：“你读的是哪所学校？”

也许是意识到了这么问比较唐突，于是她急急忙忙地寻找下一个问题，但对方却面无表情地回答：“是地方上的女校，就算说了校名您也不知道。”

这番回话听着很是冷淡，总觉得有些伤人，凛子便接过了话题：“我高中时被同学起了个古怪的绰号呢。”

“绰号？”

“是啊，刚入学没多久，我就搬出法律条款提醒同学们……比如要是有人撒谎逃避打扫工作，我会说刑法第×条禁止撒谎，刑罚是×××云云。结果她们很快便给我安上了一个‘法律大妈’的绰号。”

“真过分啊。”

造型师再次面无表情地答道。

“嗯，不过与其说她们怀着恶意，倒不如说只是幼稚吧。”

“幼稚吗？这说明她们本质上就不是什么好人吧？”

“可能……吧。所以你要去同学会吗？”

“嗯……应该不去。”

“不去哦？”

“毕竟我没有关系特别要好的同学，而且压根儿就没有留下美好的回忆。”

“原来如此……”

“所谓同学会啊，到底是什么呢？”

“嗯？”

“同学会总给我一种消极又倒退的感觉，该说是在挖旧伤疤吗？反正我完全感受不到面向明天的活力。”

这话倒是有意思。

确实，同学会总是带着一股消极的味道。聚会现场不会出现新的邂逅，只有一度断交之后留下的残渣。人们之所以特地召开同学会，是想在这些沉淀物中找出什么吗？

凛子正要把这些感想说出口，手机却响了。

是海藤小姐打来的。

“松川律师，出大事了！”

“怎么了？”

“我刚刚收到联络。”

“到底怎么了？”

“福井结衣子小姐去世了！”

第五话　雪乃的心思

1

“这是什么情况？”阳奈子盯着面前的一整只苹果问道。

“要用刀叉吃这只苹果呀。”

多香美一脸得意地露出了带着坏心眼的笑容：“我们认真练习过的，首先用叉子固定住苹果，然后竖着下刀，把苹果切成两半——”

说完，她便像做示范一般，一叉子叉住了面前的苹果，接着“咔”的一声切了下去。

“我不是在问这个……这是哪儿？”

“都说了是新天堂酒店，你忘了吗？”

“我记得这个名字，可是……”

“不对！”

“这样不对！”

“再投入一点！”

电车警笛般的怒吼声在教室中响起。

我觉得这阵吼声是冲着自己来的，吓得肩膀乱抖。

看看周围，只见其他同学同样都缩起了身体，然而，其中也有人明显用态度表示了自己的真实想法。我见状便小声地咂着舌，轻轻坐在地板上。

“你什么意思？”

她看了过来，目光非常犀利。

我的双肩再次颤抖了起来。

这样不行吗?

她的视线停在了我的面前。

啊啊！就是这种眼神！蛇就是这么瞪着青蛙的。

这种时候只能笑了。然而同样行不通。

“别开玩笑了！”

怒吼声又一次响彻了整个教室。

她叫宫坂馨，绰号是“导演”。

不知道是谁最先叫出来的，但没有比它更能说明宫坂馨其人的绰号了。她正威严地站着，犹如一尊金刚佛像，强悍极了。她的眼眸如鹰般犀利，长着两道浓眉，结实的上臂从夏季校服的短袖中露了出来。

哎呀呀，阿馨王子。

她冲我发火，我的心中却充满着喜悦。

因为从没人这样凝视过我，从来没有。尽管我们从初中开始就在一个班，但我也没好好跟她讲过话。阿馨王子总是被大家围绕着，我只能远远地看着这一幕。

而现在不一样了，阿馨王子的眼中映出了我的模样，我独占了她的视线。

“我已经不想排练了。”

这时，一个声音突然传来，一下子便把阿馨王子的注意力从我身上吸走了。

“不想排练了？”

“现在已经三点半了呀，我想去参加社团活动。”

措辞还挺客气，可是这种说话方式只会触怒对方。这正是所谓的“表面恭顺，内心无礼”。

我怒视着那个没礼貌的家伙。

原来是咲穗同学啊，人称“评论家”。

“你想去参加社团活动？”

阿馨王子的声音低沉得如同贝斯一般，震慑感在地面上延绵开来。

哦，这个声音，我受不了了，心里痒痒的！

但我从刚才便意识到，现在不该沉浸在少女情怀中。

阿馨王子今天心情很糟。

或许正是因此，眼下教室里的空气就像监狱一样沉重、冰冷……当然了，我并没有去过监狱。

“你们在说什么梦话！”

阿馨王子举起手，就像警察举枪一样。

“离正式表演只剩不到一个月了啊！”

“正式表演”是指兰圣学园的传统项目——学业发表会。

它每年举办一次，是整个兰圣最为引人注目的活动。说是把一年三百六十五天分为学业发表会当日和三百六十四个准备日都不为过。学生们从四月开始正式筹备，全班凝聚在一起，为十一月正式登台而努力。

尤其是高一那年的发表会，更是被称为“踏入高中阶段的出道亮相”，它在高中部和被称为“低年级”的小学部、初中部之间画了一条线，所以必须展现出值得大人们欣赏的正式作品。表演的场所也不是校园大礼堂，而是市文化中心。那可不是普通的文化中心，设计者是驰名全球的建筑家，还配置了世界最大级别的管风琴，产自奥地利。它建成后的首场演出甚至上了全国新闻，是琉璃市引以为傲的音乐厅，总工费一百亿日元，座席两千个，多名世人皆知的一流艺术家都曾在此登台演出。光凭这点便需要我们拼尽全力。

但反作用即是筹备期间风波不断。

首先是表演的内容。从提议到决定大约需要两个月的时间。

我们班不停地讨论，觉得这也不行那也不行，后来总算是把范围锁定在了合唱和管乐队演奏之间，但全班也因此分裂成了两派，就跟《罗密欧与朱丽叶》中的蒙太古家族和凯普莱特家族似的，彼此反目长达一个月，眼看着就要来不及向学生会上报节目方案了，这时有人提出说：“演戏怎么样？”

之前从没人提过这个点子。由于我们脑子里只有合唱和管乐队演奏两个选项，所以乍一听到演戏的提议时，大家都震惊得半张着嘴。

不过……

“哎哟，挺好的呢？”有人附和了。

“嗯，不赖呢。”

“是呀，说不定蛮好的！”

赞成者一个个蹦出来，仿佛聚集在救生船上的遇难者们。接着，两派人原先的反目就像是假的一样，整件事发展得很顺利，最终还是在校方截止报名的当天勉强赶上。

但接下来，风浪仍在继续。

既然班里决定要演戏，那么演哪部戏呢？同学们把既有的剧作拿出来讨论，便再次产生了分歧，说这部也不好，那部也不好，讨论极尽激烈，愁得负责主持的班长多香美同学的胃上都快开洞了。

唉，又内讧了。

就在大家觉得这次要表演的节目被我们越搞越糟，正准备放弃时……又有人提出了想法："我们来弄个原创剧本吧！"

尽管这个提议相当敷衍，可大家的意见好歹还是统一了。

"行得通！"

"嗯，好办法！"

"好呀，那就写个原创剧本！"

"赞成！"

这个班级每次都是这样，每个人的个性相互碰撞，谁都坚决不肯服输，"妥协"一词早就被抛之脑后，化为泥沼。等到大家都累得不行的时候，即会有人像是总算等到了机会一般，提出新的想法。而这便是全班立即恢复团结的暗号。

我每次都认为这么折腾有些麻烦。其实我并不执着于胜负，无论输赢我都毫不在意。我也几乎不会去主张自己喜欢什么、讨厌什么，随大流是最妥当的。但如果有人逼问我哪个提议更好，那么我便会先飞快地打量一眼阿馨王子，然后跟着她选。这就是我在做选择时的想法。

有一次，班上的同学们揶揄我道："雪乃同学，难道你仰慕阿馨同学？"

听到这话，我体内便流转着一股羞耻感，仿佛被人窥见了自己重要的秘密。于是我无法忍耐，逃回了家，不顾接下来还有课要上。

其实我起初以为这份感情只是友情。可是它又略微超越了友情的范畴。

只要听到她在说话，我的心脏便会一下子感觉发胀。只要稍稍看她一眼，我体内的血液便会如洪水般阵阵泛滥。如果听不到她的声音，我就无法静下心来；如果看不到她的身影，我就像一个徘徊于黑暗中的孩子般，不安得甚至想死。

或许这就是仰慕吧。

是的，当我在小学的入学仪式上第一次见到她时，心中便萌生了仰慕之情。我偷拍了她的照片，一直把它珍藏在怀中，还把她的每句话都写在日记里。这就是我九年来的日常生活。

就算有人要笑我愚蠢，我也抑制不住自己的感情。

既然我仰慕的人同意写原创剧本，那我当然没有异议。其实我觉得门外汉高中生哪写得出来剧本，但我还是隐瞒了真心话，涨红着脸说："我也觉得原创的好。"当然了，我说这话时，眼睛看向的是阿馨王子。

然而，风波仍未平息。

这下子又按例进入了争论“由谁执笔”的阶段，气氛再次紧张起来。不过班长好像不希望自己的胃上再穿新孔，半强制性地说道：“每组最少提交一份剧本梗概，由大家传阅后投票选出。”

结果我们得到了五份大纲，但它们都很相似，其中也没有任何让人激动雀跃的要素，仅仅写了些幼稚拙劣的内容。只有一份是写在专业编剧使用的原稿纸上的。而且比起大纲，它更接近于成品。尽管内容非常无聊，但完成度相当高。因此大家心想着：既然已经写到这一步，那用它不就行了？

作者是公美子同学，她依旧自称对这些兴趣不大，不过果然是在装腔作势。

公美子同学老是来这一套，她明明天生就喜欢引人注目，却绝不会把这份想法表现出来，一定要摆出一副受人推选才勉为其难站出来的样子。我小学三年级和四年级时和她同班，我很清楚地记得，当时每逢选举，她就会提前去做疏通工作。有一次小学部要选儿童协会的成员，她到处送人家利伯缇的手帕，结果非常奏效，她顺利当选为协会的书记。

这次她的提前布局也取得了成功呢。

我一边用手支着脸颊，一边着迷地看着坐在我斜前方的阿馨王子那结实的手臂，却看到了出人意料的后续。

在最后关头，有个毫不相干的人被选中了。而提出建议的人，我记得正是班长多香美同学。

“我想推荐一个人。”

她说这话时，大概怀着些许恶意。

最后的候选人有两位，其中公美子同学基本上确定能当选，接下来就等投票结果了。公美子同学本人估计也是这么想的。她嘴上说着“我其实挺忙的，如果选上了还真有些头疼呢。嗯，非常头疼”，表情却并不怎么烦恼……不对，应该说她干劲十足。然而就是在这关键时刻，班长发话了：“我想推荐惠麻同学，大家怎么看？”

全班的视线都集中到了坐在靠走廊那排第一个座位上的惠麻同学身上。

她是在高中才进入兰圣的，所以和班上的同学并不熟，平时只顾着和另一个同样“半路加入”的同学一起行动。她们的友谊一开始就不太平，在黄金周还出了点问题。当时她们趁着黄金周去池袋晃悠，结果被警察抓住批评教育了一番。但不知校方开了多大的恩，她们并没有受到重罚，而且关系还更腻歪了。

这让全班同学心里都有些芥蒂。

大家虽然觉得应该搞好关系，但是却很难打破隔阂。她们两人建起了一道名为“外来者”的壁垒，而我们则有着“从小学起便一直在一起”的壁垒，这两重壁垒实在厚实，只靠赔笑终究无法瓦解。尽管如此，我们已经在同一个班级度过将近三个多月了，下下周便是暑假，要是在此期间还不能有所突破，那么接下来的三年同窗生涯里，我们双方估计是没法融为一体了。我们的班主任心想着不能让这种情况发生，并一直在摸索解决之道，于是便率先紧跟着班长的意见，开口道：“说起来，惠麻同学念中学时写的读后感拿过全国大奖呢。”

一言激起千层浪。

“我认为读后感和剧本完全不是一码事。”人称“评论家”的咲穗同学嘟哝道。但她的话却被班长的发言给盖过去了。

“我在报纸上读过那篇读后感，非常优秀，看不出作者是我的同龄人，完成度之高简直就像是成年评论家写的。我大吃了一惊呢。我妈妈夸奖说这就是所谓的天才吧。我也觉得惠麻同学的写作才能让人刮目相看。所以我希望能让她加入最终票选。”

“好主意，就这么办吧。”

班主任同意了班长的提议。

我总感觉她俩一唱一和的很像在演双簧，八成是提前串通好的。班长对公美子同学感到火大，班主任则无论如何都想让外来者融入集体，于是她们二人达成了共识。

黑板上添上了惠麻同学的名字。

班长一边用粉笔轻快地在黑板上写着字，一边问道："惠麻同学会写出什么样的剧本呢？"

班主任也看着黑板上的名字，说道："我想她一定能写得很精彩。"

"她可以站在与我们截然不同的视角来编写故事。"

"这是肯定的。因为她的看法都很有趣。"

她们互相配合着对方。既然班主任和班长都设计好了，班上的同学们也只能推荐惠麻。

"想不到还能玩这种花招。""评论家"扔出了这么一句话，听着就跟时代剧的台词似的。

于是，大家连问都不问惠麻同学本人的想法，便决定让她来执笔原创剧本。

"这根本就是在滥用多数表决制嘛。""评论家"还在独自骂着，"你真的愿意写吗？"

她又盯上了惠麻，继续道："她们只是把麻烦事推给你，要拒绝就趁现在。"

然而，惠麻却慢吞吞地站起身来，低头向大家行礼，说道："好，我明白了，我会写的，请各位多多指教。"

接下来的进展便顺畅得宛如快进画面一般。

一周后，惠麻的剧本完成了。成品只能用“精彩”形容。

剧名叫作《六月三十一日的同学会》。

它以一个私下传播得有鼻子有眼的兰圣校园传说为题材，因此情节上稍稍显得缺少主见，但它融合了推理与恐怖要素，让人不得不想知道故事将会如何发展。

然而班主任的神情中却透着踌躇。

剧本的内容实在过于有趣，如果这是在市面上销售的娱乐小说，那么自然没有问题，可发表会毕竟和教育有关，“过于有趣”的东西并不适合拿出手。更何况其中还有凶杀要素，有损于兰圣的格调。因此班主任试图委婉地说服大家，但却遭到了反驳：“有人曾在发表会上表演过根据市场上的娱乐漫画改编而成的戏剧，也有人表演过《哈姆雷特》。《哈姆雷特》根本就是个围绕杀人展开的故事哦，而且背叛、乱搞、复仇等元素都一个不落。既然那样的作品也能上台，否定我们的戏剧就不合理了。”

提出反驳的正是阿馨王子。

她的话让班上的同学们更加团结了，面对着班主任这位假想敌，大家甚至觉得让《六月三十一日的同学会》取得成功是自己的使命。

而果断地与“敌人”对峙的阿馨王子也担任了这部戏的总导演。自此，排练正式开始了。

2

（二〇一五年五月二十五日　周一）

“居然是用这么粗暴的方法来决定的。”

松川凛子的表情半带着震惊，将茶杯放回茶托上。

她来到了琉璃市。

从新宿站乘坐快速电车抵达琉璃市大约需要六十分钟。位于镰仓市和逗子市中间的琉璃市是一座新兴城市，由两个镇子合并而成。

凛子还清楚地记得两镇合并时期天下大乱的情景。当时她念中学一年级，几乎每天都有人往信箱里投“坚决反对合并”和“应当迅速合并”两类传单，双方基于各自的立场诉说着合并所带来的利弊。凛子觉得这真是有趣极了。只因为立场不同，人们便会对同一件事产生如此不同的看法。反对派眼里的坏事，对推进派来说却是好事。

凛子或许就是因此才会开始对律师这一职业产生向往。她觉得在分别拥护反对派和推进派的两类律师口中，可以窥见社会的构造。

总之，世界上并没有明确的正义。而且若要追究其善恶，结果也会像不鸟不兽的蝙蝠般两边都不沾。因此，“主张”才是重要的。要毫无遗漏为己方眼中的正义打光，使它在他人看来也是正义，绝不能留下影子。不然的话，只消有一丁点儿黑影，别处的灯光便会迅速投射过来，并且带着不同于我方的色彩……侦探剧中有一句耳熟能详的台词，叫作“真相只有一个”。但大家都已经知道这句话并非真相，也明白所谓真相其实是一个相对的概念。

凛子再次从茶托上端起茶杯。

坐在她面前的女性也再次将杯子送到了唇边。

那名女性名叫矢板雪乃，是兰圣的第八十九届学生，跟柏木阳奈子、本田多香美、福井结衣子同班。今年二十九岁。可她脸上仍残留着少女般的感觉，一头齐肩长的黑发随意地披垂着，反倒带有一股如今时兴的蓬松感。她的穿着十分时尚，米色的套头衫由流行的法式麻布制成，红色的对襟毛衣漫不经心地搭在肩上。电视台里有一位形象顾问同样做过这种打扮，凛子开足马力地回想着对方当时那一串串狂轰滥炸的时尚用语。其实那位形象顾问也相当漂亮洋气，但矢板雪乃看起来却更为优雅。这一定是源自雪乃与生俱来的气质以及她所受过的良好教育。她是这个城市里少数几户名门望族家的女儿，按英国的说法就叫作“上流社会人士”，听说她的祖辈还有过爵位。

凛子之所以会和雪乃这样的大小姐见面，并非是出于偶然。

矢板雪乃在福井结衣子葬礼当天联络了凛子。

“下一个被杀的可能是我。”

她说了跟福井结衣子同样的话。

凛子试着问她为何这么认为，而她的回答果然也和福井结衣子如出一辙：“您知道《六月三十一日的同学会》吗？”

凛子本打算尽量不去考虑这件事，且只把它归结为都市奇闻。

然而，在得知福井结衣子去世的消息时，某种恐惧感便随之植入了凛子心中，她的好奇心也同时被唤醒了。

福井结衣子说过，当年参演过《六月三十一日的同学会》的人都按剧本中的顺序被一一杀死。

当时凛子觉得这只是说笑，对方从事着违法工作才是重大问题。但福井结衣子死了，这件事已足够占据凛子所有的注意力。就在这时，她收到了矢板雪乃打来的电话。

“我无论如何都想找松川律师您谈谈。”

于是，凛子在今天前往了琉璃市文化中心内部的咖啡厅。

“非常感谢您今天能与我见面，很抱歉麻烦您特地跑一趟，其实本来应该是由我去拜访您的。”

矢板雪乃注视着凛子，随后鞠躬行礼，幅度控制在三十度，姿态非常优美。这是兰圣教导的礼仪之一，不过凛子本人最终却还是没能掌握。凛子没有鞠躬，而是像美国人那样夸张地耸着肩膀说道：“没关系，我也很记挂福井结衣子小姐的事。再加上要过来办点事……所以顺路和你碰面。”

凛子没有撒谎，其实除了矢板雪乃，还有另外几人分别打电话给她，说自己可能就是下一个死者。

“莫非还有其他人也要找您咨询？”矢板雪乃用手帕轻拭着唇上沾到的咖啡，开口问道。

“……嗯，差不多。”

“昨天是结衣子同学的葬礼。”

“好像是吧，不过我没去参加仪式。”

“这已经是今年的第四场葬礼了，昨天大家聚在一起，也讨论说这实在不寻常。我劝她们说‘一切都是巧合吧，别多想了’……可和大家分别之后，我到底还是有些担心，坐立不安的，便给您打了电话。”

“原来如此，其他同学们想必也是同样的心情吧？”

“我们念书的时候听说过一句话‘有问题就去找松川律师商量’。”

“……原来如此。”

“但我其实根本没料到有朝一日真的需要您的帮助。”

“为什么？”

“您毕竟是律师对吧？我从未想过自己这辈子会遇上需要向律师求助的麻烦事呀。”

矢板雪乃用叉子的缝隙卡住芝士蛋糕的透明围边塑料纸，接着熟练地转动叉子，将它卷在叉上。

“虽然这话由我自己来说是不妥当，但我从出生起就一直过着风平浪静的生活，父母也都是悠闲自在的人，我几乎都没跟人吵过架，也没有直接面对过争执和纠纷。我觉得它们只会发生在电视剧和小说里。”

“这种想法很正常。媒体总是逮到点事就煽风点火，宣扬整个社会都是黑暗的，而实际上大部分人都过得很安稳，并不需要律师。”

“但愿吧。”矢板雪乃把叉子暂搁在盘子上，轻轻叹了口气说道，“……因为我生来就比别人幸运，但这一点是不是一种巨大的恶行呢？我很担心……”

“没遇上过麻烦是……恶行？”

“是的，毕竟世人生而平等对吧？校长在早课上也会强调这条校训。”

平等、纯洁、正直，这就是兰圣学园的校训。

如矢板雪乃所说，三条校训中居于首位的便是“平等”。在凛子的学生时代，校长也一有机会就会提出“平等”这个词。

校长在说完“人生而平等”之后，必定会跟着一句“恩惠之雨落在正义者和非正义者身上”。

第二句话出自《马太福音》，不过与原文稍有出入。不，甚至可以说是人为设置了误导。原文中并没有“恩惠”一词，解释成“灾祸”才是正确的吧。即是说，灾祸也会降临到正义者头上……然而这种教诲是何等残酷，对于前景可期的少女们而言太不合逻辑。因此校长刻意篡改了原意，再将它传达给大家。然而大半学生们都准确理解了它的含义，此刻正坐在凛子面前的矢板雪乃应该也是其中一员。

“是的，雨会降落在所有人的头上。”矢板雪乃用叉子剜下芝士蛋糕的一角，喃喃说道，“但我心里总有某处在想着，只有我一个人会安然无恙，所以碰不上需要松川律师您关照的事情。”

矢板雪乃顿住了。芝士蛋糕很快便裂开了，最后终于坍塌成白色的碎块，模样煞是凄惨。

凛子接过话头：“你说的是《六月三十一日的同学会》吗？”

“啊？”矢板雪乃瞪圆了眼睛，仿佛回过神来。

“那部叫作《六月三十一日的同学会》的原创戏剧，请问内容是怎样的？”

“您说……内容吗？”

“嗯，为了消除你们的不安，我首先得知道它的内容。”

“您说得对……嗯，确实。”

3

剧本的复印件是在七月第二周的师生座谈会上发给大家的，暑假已经近在眼前，就是下周。

“六月三十一日的同学会”，印刷在封面上的标题在班里掀起了波澜。

兰圣学园的所有相关人士都知道“六月三十一日的同学会”。

“为什么取这个名字？”班长多香美同学仿佛探寻一般向惠麻同学提问道。虽说这个传说在兰圣无人不知无人不晓，可大家都不会特意提起……说起来也是一项禁忌了。

“所以我才用它做剧名的。我认为禁忌正是娱乐的精髓。”

惠麻答得很是挑衅。现在回想，这可能是我第一次如此直接地听到她的声音。也许在此之前，即使我知道她人就在那里，却仍下意识地将她的存在感给抹去了。因此在听到她的声音时，也会自动把她屏蔽掉……发现自己的排她倾向后，我羞愧地缩起了身子。

其他同学似乎也和我抱有同样的心情，一边往后蜷，想把自己藏起来，一边注视着惠麻同学。

“能简单说明一下故事梗概吗？”

听到班长的问题，惠麻同学回答说：“有人被同班同学杀死了。”

波澜变成了喧哗。还有好几位同学开始“哗啦哗啦”地翻阅起了剧本，似乎已经忍耐不住。

我也从第一页开始读起。

第一幕：起居室。B子正在和A子打电话。

A子：你当然会来的，对吧？

B子：我都说了……

A子：地点是新天堂酒店，就是建在那座山上的度假酒店，你还记得吗？

B子：新天堂酒店……

A子：你忘了吗？我们当地有一座山，半山腰上建了一个新兴住宅区，在那里可以看到相模湾的全貌，从我们学校坐公交车的话，二十分钟左右便能到。新天堂酒店就是建在它隔壁山上的度假酒店。在学年末上餐桌礼仪课时会去那里吃法餐。

B子：这样啊！

舞台转暗

第二幕：新天堂酒店的餐厅。

……

“剧本里的‘新天堂酒店’是那个‘新天堂酒店’吗？就是我们在学年末去上礼仪课的酒店？”

有人发问了。

“是的，舞台是新天堂酒店内部的法式餐厅，就是兰圣学园给学生们上餐桌礼仪课的地方……虽然我还没在那里上过礼仪课啦。”惠麻同学如是说。

“明年高一结束的时候你就能参加哦。”

又有人回答了。

“但我听说新天堂酒店要拆了。”

“是的，它要拆了。”惠麻同学提高了音量，“所以我才把它设计成舞台。幻想中的新天堂酒店，也就是天国。”

“什么意思？”班长问道。

“哦！我明白了。就是说在新天堂酒店集合的同学们都已经死了对吧？”说话的是阿馨王子。她的双颊染上了一层玫瑰色，继续道：“可她们不知道自己是不是死了，于是便开始推理。”

“嗯，在推理期间，又有一个个同学来到了新天堂酒店，随后——”

剧本掺杂了让人兴奋和恐惧的元素，情节发展非常刺激。

尤其是杀人的手法。

“氢氟酸真的能置人于死地？”有人提问了。

“嗯，可以，哪怕只是接触到都会死的。”坐在后排的结衣子同学插话道。她从方才起便一副坐不住的样子。她家是开药店的，母亲是药剂师。

“人只要接触一点点氢氟酸，皮肤和骨肉便会溶化，接触到氢氟酸的部分也会坏死。如果不切除，坏死面积很快就会扩大，直到接触者死亡。”

结衣子同学的话就宛如咒语一般，冰冷的恐怖感在班中慢慢扩散开来。

她或许也觉察到自己的发言让同学们哆哆嗦嗦的，于是语带得意地继续讲解道：“我听说我们镇子以前也因为氢氟酸——”

“好了好了，到此为止。”班主任的声音如铜锣般响彻了整个教室，全班一瞬间鸦雀无声，只见她的表情形同恶鬼，“这个剧本确实很有趣，但我们不能演。”

“为什么？”

阿馨王子站了起来。

“太不成体统了。这种有大量凶杀情节的故事……而且杀人手法还这么具体……请惠麻同学再斟酌一下吧。”

“但……已经没有时间了。”

班长笑得像哭似的。

“那么，用公美子同学之前写的剧本如何？”

咦——

班上的气氛一下子就低迷下来。如果班主任昨天提出这番建议，或许还行得通，但现在大家都看过比公美子的剧本精彩上好几倍的作品，已经没法退而求其次了。这是全班同学的一致意见。

“请您准许我们演这部剧！”

阿馨王子代表全班反驳了班主任的提议。接着，她便搬出了有前辈改编漫画作品和表演莎士比亚剧目的先例，渐渐占据了上风。然而班主任也不肯轻易作罢。

“总之就是不行。不能用这种杀人手法。”

“那么，换个凶器就可以了吧？”

4

“于是，在定稿中，凶手使用的凶器被改成了‘柴刀’。”矢板雪乃的目光非常悠远。

“柴刀？为什么是柴刀？”松川凛子按着自己的胸口问道。

“我也说不准……可能参考了当年在闹到底要不要合并镇子时发生的案子吧……说是一个姑娘家用柴刀痛打两个小学生……当时我才刚出生，所以不太了解详情……您知道吗？”

“嗯，好像是有这么件事。”

“太惨了。我母亲说，那个人不正常，没有人情味，简直就是个魔女……哎呀！”矢板雪乃吓得连瞳仁都缩小了，就仿佛亲眼看到了那个魔女似的。

“总之，在剧本初稿中，凶器是氢氟酸对吧？”松川凛子嘴上说着，却感到脊梁骨阵阵发冷，因为这正是大崎多香美的死因。

目前还不清楚她是怎么接触到氢氟酸的。

“嗯，是的。多香美同学的死被当成意外事故处理了，但我们却始终无法释怀。”

矢板雪乃握紧了手帕。

“不仅如此，在多香美同学死后，阳奈子同学和结衣子同学也接连去世……啊，结衣子同学之前还有宁宁同学。”

“宁宁同学？”

“是结衣子同学曾经的挚友……她自杀了。”

哦，应该是那个受了福井结衣子的欺骗，然后被逼上绝路的姑娘。

“宁宁同学真的很可怜，遭到自己信赖的朋友背叛……其实结衣子同学也曾推荐我投资，我当然拒绝了，可她还是一次次找我，包括上周。”

“上周？”

“是的，就在她去世前几天吧……她大概也有自己的难处，整个人都憔悴不堪，像个老婆婆一样。也可能是被死神缠上了。所以当我听说她死于心力衰竭时，并没有觉得很惊讶。”

“心力衰竭？福井结衣子小姐的死因是心力衰竭？”

“嗯……我听到的是这么个说法。”

矢板雪乃用叉子挑起碎掉的芝士蛋糕，送入口中。在她咽下蛋糕之前，冷不丁抬起眼来：“难道您在怀疑？”

被这么一问，凛子“啊”的一声抬起了头。

没错，我就是在怀疑，所以今天才特地跑过来。

但她尚不清楚这份疑心的焦点所在，不清楚自己到底在怀疑谁、怀疑什么。只是这份疑惑虽然模糊，其轮廓却已经在头脑中浮现出来。为了把握住这份飘忽的感觉，凛子探出身子，问道：“对了，你能再详细说说那部《六月三十一日的同学会》吗？”

“欸？”

矢板雪乃放下叉子，开始用左手的手指数数。五根手指很快就全都屈在了手心，接着她的左手小指又立了起来，一根根手指相继伸直，直到左手完全摊开，于是便加上了右手。

“十七人。”

“十七人？”

“嗯，没错，十七人，因为Q子是最后一个。”

“Q子？”

“对，剧本里的角色是按字母表顺序取名的，从A子到Q子共十七人。我们通过抽签来选角。我想想，A子是……”

“莫非……”凛子依然探着上半身，问道，“A 子是多香美小姐演的？”

“欸？”矢板雪乃的眼神不知为何动摇了起来，然后往空中看了一会，答道，“是的，是多香美同学演的。B子是阳奈子同学，C子是宁宁同学，D子是结衣子同学……”

凛子再次感到后背一凉。

搞什么？这不是截至目前出现的死者吗？而且……连死亡顺序都一致！

“确实如此。”矢板雪乃瓮声说道，“所以我们都非常焦虑。”

“剧本还在你手里吗？”凛子一边擦拭着鼻翼上渗出的汗珠，一边问道。

“嗯，我找找，应该能找到。”

“请你把它借给我。”

“明白了，等找到就给您寄去。”

尽管她们约好了，凛子还是无法稳住心神。

“还有……那位写剧本的同学……”

“您说惠麻同学？”

“她叫惠麻是吧？”

“嗯。”

“怎么写？”

“恩惠的‘惠’，麻布的‘麻’。”

惠麻。

凛子咽了一口唾液。

“那位同学的现状如何？”

“不知道呀。”

“你不知道？”

“是啊，因为她在高一的暑假前就转学了。”

“转学了？”

“对，她只留下了剧本。我记得她母亲再婚了……所以他们搬去了关西。”

“她姓什么？”

“姓……欸？她姓什么来着？”

“你不记得了吗？”

“抱歉……我们都按班主任的建议，用名字相互称呼。但她很快就转学了，所以我没记住她姓什么……不过……”

矢板雪乃双手轻轻拍了一下：“结衣子同学在二十号那天……也就是她去世那天，给我打了电话，当时应该是正午刚过。”

正午刚过？那不是福井结衣子小姐刚离开我的事务所的时候吗？

凛子再次探出身子。

“结衣子同学说了很奇怪的话，她说她见到惠麻同学了。”

“啊？”

“没错，她说在您的事务所见到惠麻同学了。”

“我的……事务所？”

“是的，她说一开始只是觉得似曾相识……但后来想起来了，那肯定是惠麻同学……她是这么告诉我的。”

“是海藤小姐？”凛子小心翼翼地报出了这个姓氏，“那位惠麻同学姓海藤吗？‘海水纹藤布’的‘海藤’？”

“海藤？她是姓海藤吗？”矢板雪乃侧过颈子，思考一会儿，然后一拍手，似乎想起了什么，“我有惠麻同学的照片，您要看吗？”

“你有？”

“嗯，虽然是张很小的照片……”

矢板雪乃边说边掏出手机。

“我的手机很旧吧？我高中时就在用它，一直用到现在……因为和某人是同款呢。”

接着，她把手机屏幕展示给凛子看。

待机画面上是一位身穿兰圣制服的学生的侧脸，看样子正在听课。

“是我在上课的时候偷拍的。我很喜欢这张照片，所以一直随身带着。”

“这位就是惠麻同学？”

“不是的，这是阿馨王子……哎呀，讨厌啦！请您别这么盯着看！太难为情了！”矢板雪乃涨红了脸，宛如十几岁的少女。她有些刻意地咳了几声，表情恢复平静，说道：“惠麻同学坐在靠里侧呢，看，就是她。”

矢板雪乃用食指指着照片，尽管对方的轮廓很模糊，但凛子脱口而出的轻呼声已足以说明一切。

凛子就像是为了确认事实一般拿出自己的手机，开始在相册中翻找。

相册里应该有海藤小姐的日常抓拍照……找到了。

“是她吗？”

凛子递出手机，矢板雪乃惊叫了起来。

“是的！就是她！不会错的！”

第六话　志津子的证言

1

（二〇一五年六月八日　周一）

“嗯，是的，我和海藤惠麻同学念同一所中学，我们是一届的。”

最先作证的是一位名叫小出志津子的女性。

松川凛子律师从逗子站打车，到了一家沿海的度假酒店。

现在是下午一点半，午餐高峰已经过去了。

之前排在门外的队伍眼下只剩一组。那两人刚被服务生带到靠窗的桌位。

“哇——好美的景色！”二人中的一位发出了赞叹声。

凛子也不禁受到她的感染，将视线投向窗外。

相模湾的波光伴随着乡愁，出现在凛子眼前。

“啊——”

她说不出话，只是吐出了一丝呻吟般的叹息。

“那个靠窗的桌位真好呀。”小出志津子突然发话，凛子急忙收回视线。

“其实……我不太喜欢大海。”

这话不假。凛子对大海可没有什么美好回忆。她之所以高中一毕业就逃跑似的离开了这个城市，并不仅是为了上大学。

但比起眼前这个三面环墙，宛如设在死胡同里的桌位，绝对是海景桌更好。

她和小出志津子约定的时间不凑巧，服务生给她们领位时正好撞上用餐高峰，店里人山人海，她们也没法挑挑拣拣，只能按服务生的指示坐下。她们的桌位大概并不常用，搞不好还是工作人员们休息的场所。旅馆也会仅在旺季开放堆放被褥的房间以充作客席。当然，一般旅馆如果给客人提供了这种位子，那么也会相应地少收一些费用，可这里好像并没有诸如此类的人性化服务。

边上的横向过道似乎通往厨房，工作人员来去不停，还能完整地看到过道尽头停着一辆巨大的推车，上面堆满了从各个桌上撤下来的盘子。或许是因为残羹剩饭放久了，连馊臭味都散发了出来。

这里不是能享用食物的地方。如果说那个海景桌是天堂，那么凛子的桌位便是罪人会集的地狱。

不过她今天的目的也不在于吃饭。

从这层意义上说，这个桌位或许更理想。它仿佛可以带出隐秘的过往……

凛子习惯性地用勺子将海鲜咖喱和米饭拌在一起，可能是因为她搅过头了，混了咖喱酱的米饭看起来就像吃剩的似的，总让人觉得有些可怕。这绝对要归罪于那辆推车上散发出的恶臭。

然而，这好像并没有夺走小出志津子的食欲。她毫不犹豫地用叉子将烤制得如同劣质黏土工艺品般的鸡肉焗饭一口口往嘴里送。

她的胃口正如她给人的印象，往好里说就是心宽体胖，而说得难听些就是个忠于欲望的胖子。

虽说不该以貌取人，但只看体型的话，还是能在一定程度上摸出对方的脾性，尤其是在没有生病的前提下还任由自己发福到这个地步，总让人觉得这主要是性格使然。她或许曾成功减肥过那么一两次，结果却因为生性如此而轻易允许自己的体重反弹。之后，她可能再次尝试减肥，可每次都坚持不到一个月——

不不不，今天不必做人物侧写。

凛子用纸巾轻轻按了按嘴角，露出了带有些许自虐的苦笑。

她既不是委托人，也不是案件的“当事人”，所以就算对她做侧写，也起不到任何作用。她只是一个“参考人”，一个只提供参考的局外人。在法庭上叫作“证人”。

不过，证人的证词无疑会左右法官的判决。换言之，证人能够改变被告人的命运。尤其是目击了犯案过程的证人。所以在实际处理案件时，最为重要的一点便是寻找证人。毫不夸张地说，这几乎是律师最主要的工作。

因此，凛子在找到小出志津子的那一刻便产生了一种乐观的预感。她觉得这桩不可思议的连环死亡案件的真相迟早会越发详细。而事实上，小出志津子也回复了凛子的消息，说："我了解海藤惠麻的全部。"

是的，志津子的确在同学会网站的留言板上写道："我了解海藤惠麻的全部，包括她所引发的那起事件。"

凛子在大约两周前得知，自家律师事务所的员工海藤惠麻也曾就读于兰圣学园，而且与去年离世的柏木阳奈子同届。

但凛子对直接质问海藤惠麻本人心存犹豫，而且她也不认为对方会认真回答她的问题，甚至还很有可能会直接失去这位员工。尽管如此，她又不能置之不理，那该怎么办呢？她就像接到难办的案子一般，独自留在事务所好几天，翻来覆去地思考。终于在十天前，她想到了翻看海藤惠麻的个人简历。

五年前，海藤惠麻经凛子的旧识介绍，叩响了她的律师事务所的大门。那位旧识在一所位于高田马场的法律学校当老师，海藤惠麻据说是那里的学生。对方说："她是个好姑娘，头脑聪明，但为钱吃了很多苦，你能帮帮她吗？"

于是凛子当场就录用了带着简历上门面试的海藤惠麻，靠的正是所谓的第一印象。她只一眼就有一种直觉，觉得这姑娘必定会成为她工作上的好搭档。所以她几乎看都没看简历……不，她甚至没有把简历拿出来，只是把它连带着包装信封一起放到文件盒里去了。如果她当时瞄一眼那份简历，按说是不可能看漏“兰圣学园”几个字的，再加上会产生某些预感，说不定就不予录用了。

即使如此，我肯定还是会留下她吧。

毕竟海藤惠麻不是地地道道的兰圣人。凛子重新找出这份简历，查看一番，发现惠麻只在兰圣学园待了三个多月，随后这项内容便被其他的教育经历盖过去了。又或者，她当时虽然好好看过这份简历，但看漏兰圣学园的可能性其实也相当高……

不，只要我看了，应该一眼就能发现……

不管怎么说，海藤惠麻的教育经历中，除了兰圣学园，其余都是常见的普通学校。她从公立小学毕业，进入公立初中，随后进入了私立高中。可能因为父母工作的关系，她虽然在初中和高中都转过学，不过毕业后还是复读了一年，然后考入了地方上的国立大学。等到大学毕业，她又去了那所位于高田马场的法律院校。

这样看来，海藤惠麻在兰圣念过书一事反而只会让人觉得像是个错误，是她在人生某处出了岔子。

她曾在这个虫洞般的兰圣学园求学，而她所待过的班级里，少说也已经死了三位同学……不对，是四位。如今她在明知有多位同班同学去世的前提下，却一次都没打算谈谈自己的看法。即使当时发生过一些她不愿回想的事，但人真能做到对此无动于衷吗？换作是凛子，不管有多努力让自己不去在意，在得知老同学死讯的瞬间估计也会流露出微妙的不自然。就算一时没忍住笑，那笑容亦会显得生硬，并且不自觉地说漏嘴："啊，是她！"

凛子的第二个尝试便是找出海藤惠麻进入兰圣之前的旧相识。在过去，像这样寻人需要花费大量的时间与费用，但现在则有互联网这个好东西。

特别是能便利又有效地获取情报的同学会网站。它为全国每一所小学、初中、高中都分别制作了留言板，来自各个学校的毕业生可以用网名注册，并通过留言板来交换回忆与情报。如今，在网络社交平台的冲击之下，尽管其注册人数锐减，但在大约十年前该网站刚成立的时候，站内可是热闹非凡。就连凛子也注册了账号，去逛过好多次。当然了，这属于她的私生活范畴，但作为同学会网站的用户，她突然想到这个网站或许派得上用场，因为它是最为方便的寻人工具。只需搜索校名，即使是外人也可以阅览该校毕业生们的对话。留言板上的男男女女都一派天真，热烈地讨论着学生时代的往事。想必他们都在此处回到了当年，语气就如同少男少女一般毫无防备。

凛子在大约七年前开始尝试着通过这些留言板来寻人。那时候正轮到她负责为一桩杀人案做辩护，犯下了杀人罪的委托人不愿敞开心扉，让她非常为难，最后她只能把这家网站当成救命稻草，去搜索了委托人的母校，心想着或许能由此了解对方的本性，而成果则比她想象的更大。

然而经历过那次调查，凛子就远离了同学会网站。为工作而利用它，令她多少有些愧疚感，自然便不怎么去了。

但眼下凛子的探索欲胜过了内疚感。这种欲望或许该被称为好奇心。工作确实会让人产生责任感与使命感，但有时好奇心所拥有的能量则更是凌驾于它们之上，足以将睡意和疲劳都吹走。

她搜索了海藤惠麻的小学，不过并没有在留言板上得到重要情报。其实她一开始就发现那所小学只有少数毕业生注册了账号。接着，她从中学名称着手，发现注册的毕业生还真不少，而且他们都按规矩在网名后头加上了毕业年份，所以能轻而易举地找到惠麻的同届生。她试着通过留言板联系这些用户，比如表明自己来自琉璃市，有一位熟人毕业于这所中学等，总之随便编些理由，先找共同话题，再报出自己的联络方式，等待对方联系。结果很快便收到了信息。

凛子说明了自己的身份，直截了当地问对方是否记得一位名叫海藤惠麻的同学。

“嗯，我记得，她和我是同一届的。不过我们交流不多，所以我对她并不了解，很抱歉帮不上您的忙。”

第一条回复令人失望，可凛子咬住对方不放，继续问道：“那么，能麻烦您帮忙介绍和海藤惠麻同学相熟的同学吗？”

两天后，对方又回复了。

“有一位同学和海藤同学很熟，就住在我家附近，我去联系她试试吧。”

凛子当然请对方务必帮忙牵线，而打那之后又过去了五天。

再后来，对方把小出志津子介绍给了她。通过自身的努力，她今天终于能和小出志津子面对面沟通了。

据说小出志津子已经离开琉璃市，现在住在逗子市。其实琉璃市和逗子市距离非常近，就算换了居住地，这点迁移的距离也算不上背井离乡。但小出志津子已经和琉璃市没有关系了，还指定要在JR线的逗子站碰头，仿佛在展示自己是逗子市的市民。

她们约饭的餐厅也是小出志津子指定的，说是要充分利用午餐时间。

“逗子真是个好地方，如果可能的话，我死后要葬在这里。”小出志津子一边吃着鸡肉焗饭，一边说道，“琉璃市经历了那么大的骚乱才合并起来，但现在已经完全不行了……当时还宣称要在日本打造蒙特卡洛那样的度假胜地呢，轰动得不得了，结果大张旗鼓开发的新天堂社区已经变成了鬼城。还有那家新天堂酒店，十年前就听说要拆，却一直拖着没人管，好像直到几年前才好不容易被外资企业收购并重新开放了。不过，可能是因为它这么多年来都是个著名的灵异地点，如今依然时不时有小混混们去试胆量……这到底在搞什么啊？”

小出志津子终于停下了手中的餐叉，叹了口气，那叹息声听着就像打嗝。

“哎呀，抱歉，今天咱们是来聊海藤同学的——”

2

嗯，是的，我和海藤同学是初中同学，念同一届。

而且我和她从初一到初三都在同一个班，我觉得我们的关系还挺不错的。

我们俩是挚友吗？

嗯，是的，或许是吧，毕竟我们交换过日记呢。

但感觉果然还是和挚友不太一样。其实我们相处得多少有些不顺利……性格合不来呀。

您问为什么我们合不来却还要交换日记？

因为我们有一个共同点。

那就是，我们俩都没有考上兰圣学园。

兰圣学园，虽然在我们老家被人嘲讽说是“蠢货大小姐们的学校”，实际上并非如此。您很清楚吧？它的偏差值高得出人意料，尤其是初中部和高中部的外部招生考试，难度甚至可以与都内那些难考的私立学校相匹敌，招收名额也年年不同，有时候录取比例居然低到三十取一……虽然对松川律师您这样的人来说，兰圣可能只是个保底的学校，可在我们看来却高不可攀。尤其是我妈那辈人，无论如何都想要获得兰圣学生的身份。很多母亲就算自己办不到，也绝对想让自己的女儿穿上兰圣的校服。哎呀，在她们心里，兰圣学园就像是宝冢音乐学校似的。虽说它不比宝冢那样是全国有志者的梦想，但也已是当地女孩们所憧憬的学校。

我并没有强烈的入学意愿，只是我妈一直念叨没完，所以我报考了兰圣的中学部，权当是留个纪念……结果也不出所料，我没有考上。但毕竟我一开始就把这场考试当作纪念，因此没有受到多少打击。

海藤同学却不一样。听说她从初中入学考试那会儿便挑战兰圣，意志相当坚定。而且我还听过一个说法，说是进兰圣学园念初中必须给学校捐款，金额很高哦。因此，只有家里负担得起这笔捐款的女孩子才有入学资格呢……换句话说，想从初中起进入兰圣、成为正统兰圣人的女孩子们，哪怕头脑不太好使，只要有钱就能被录取……大概正是出于这一点，兰圣才会被人叫作“蠢货大小姐们的学校”吧。

然而，也不是有钱就万事无忧的。考生们如果不具备相应的家教与品格，照样不能入学。

所以说，海藤同学之所以没能通过兰圣初中部的招生考试，八成是由于家里出不起钱吧。

唉，她家确实有点问题……因为是靠单亲妈妈来养家的。虽然她本人想要隐瞒这一点，其实全班都知道……再加上她妈妈啊，怎么说呢……是个名人呢……嗯，她妈妈是个女演员。

我应该是在初中二年级第二学期知道这件事的。我记不清当时是有个家校公开课还是家长教师委员会的集会，反正她妈妈来过我们学校。

男生们都哗然了。

我之前真不知道她妈妈是谁，不过她妈妈在男生之中非常出名。

我再说得直白些吧，海藤同学的妈妈是一位艳星，虽然当时已经息影了。而且她妈妈还是从兰圣毕业的，可能是被男人骗了……总之就是诸如此类的原因吧。无论如何，这可是一桩大丑闻。海藤同学那种古怪的性格说不定也是她妈妈害的。

因此，男生们问我知不知道海藤同学的妈妈是个女演员时，我也只是呆愣愣的，没有任何反应。就算听到她的名字，也不认识她是谁。可男生们对她却耳熟能详。

您还记得吗？

不是有个车站叫作御崎站嘛，是私营铁路公司运营的，现在已经改名了，周边一带还建设得很漂亮，而在过去，那里根本就是禁区。父母狠狠警告过我，叫我别去御崎站。

我每次经过御崎站时，我父母都会做出一项奇怪的举动，让我觉得很莫名其妙。到达那一带的电影院门前，他们便会用身体挡住我的视线，在离开电影院时亦是如此。现在想来，是为了不让我看到放在影院门前的宣传板和海报吧。可是我记得很清楚啦，直到现在我还记忆犹新呢。毕竟那些海报在小孩子眼里实在是太过刺激。

哦，不好意思，我扯远了。

我刚刚说过，我和海藤同学算不上是挚友，因为她坚决不愿对我解除心防。鉴于我们都是兰圣学园的落榜生，她才勉强对我流露出一些真实想法，可并不会完全敞开胸怀。她总是戒备着别人。我并不知道个中缘由，所以经常对此感到不爽，但在我听说她妈妈的事之后，总算能理解她了。

然而，海藤同学一直在忍耐，就像贝类生物那样用外壳把自己包裹起来，蜷缩在班级的角落里，消除自身的存在感，毫不起眼地活着。

我一想到这些……便觉得如坐针毡。我想对她说些什么，却没法当面对她说出口。于是，我试着把自己的笔记簿交给了她，里头写入了我的心意。由此，我们俩开始交换日记了，就在初中二年级第二学期刚开始的那阵子。

日记里的她其实相当多话。我甚至有些失望，她原来有这样那样的想法啊，简直连人格都变了。我当时心想，日记中的她绝对是真正的她，而她在学校里的样子则是伪装出来的……不过该说是装出来的还是演出来的呢？

人一旦持续扮演着另一个样子，精神可是会崩溃的。海藤同学升上初三之后，好像有哪里不对劲了，她会突然失忆，或者说像是换了个人似的。说不定她有多重人格。但她又不像电视或者电影里拍出来的那样，一眼就看得出人格有所改变……她还是她，可只有经常和她相处的人才会注意到其中的细微差别。

比如讲话前后不统一。她原本还在聊学校的伙食，不知何时便讲起了家庭作业。确实，很多女性说话时跳跃性强，包括我也是这样。因此我常被老公训，说我讲话一会儿跳到这儿，一会儿跳到那儿的，说来说去都在原地打转，让他觉得很烦躁。不过海藤同学却不是跳跃性的问题了。她会在瞬间忘记自己正在聊伙食，随之突然开始讲家庭作业，而我们女人一般会说“哦，对了对了，提到伙食啊，我上礼拜在吃饭的时候做作业呢……”总之是接着原有的话题做展开。尽管男人们说这是“跑偏了”，但实际上并非如此。我们只是把话题发散出去而已。所以这种说话方式不会对女性造成影响，大家依然可以正常交谈。

海藤同学却不然。

她跳跃得很明显。嗯？您问是不是像留声机跳针时那样？

嗯……我对留声机懂得不多……感觉差不多就是一首曲子播了一半却突然跳到另一首吧。而且原先在播放的曲子也完全消失了。

唉，抱歉啊，我的说明不太到位。

总而言之，和她相处之后，连我都有些神经兮兮的，甚至还担心自己是不是不正常了。

我搞不懂她在说什么，然而那时的我觉得问题出在自己身上。所以我拼命去理解她说的话，可越想理解，脑子就越混乱，最后我也开始满嘴胡话了。可我最近才知道，和怪人待在一起，自己也会变怪的。

这种现象就叫作“诱导式妄想”吗？

原来如此……在他人的妄想的暗示之下，人自身也会陷在妄想中。

咦？这不就意味着双方都疯了吗？

不过，或许真是如此。

当时的我在某种意义上也很疯狂。

当时，我们交换日记已经有半年左右了，她往日记里写了一些诡异的东西。

她之前的日记里也有部分内容让人搞不清那是现实还是梦境，又或者是她的创作。不过这些内容好歹还在可以看懂的范围内，她讲话的时候才是真的毫无逻辑可言，话题都不知道偏到哪里去了，搞得人思路混乱。日记则还能凑合着一读。唉，实际上里头就是些略为难懂又自以为是的文章啦……写着宇宙、死后的世界、古代文明、弗洛伊德和荣格等等，用现在的话说，应该能算是“中二病”[1]。

但说归说，我还是稍微看了一下，其中居然别有一番趣味。于是我在回复中写道：“海藤同学，你可以当小说家呀。”之后她便不再把日记本交给我。我很不安，怀疑自己是不是说了得罪她的话，可在一周后，我总算收到了她的交换日记。

簿子里写的东西嘛……太诡异了。

它还有个标题，叫作《初三C班灭班计划》。

初三C班，就是我们当时所在的班级。我记得全班共有三十五人。

海藤同学把这三十五个人的名字列成一张表……不对，是去掉我和她本人之后剩下的三十三个人。表上还有“罪状”和“刑罚”

1　指青春期少年特有的自以为是的思想、行动和价值观。——译者注

两个项目，她在对应栏里详细地列出了他们犯过的罪状和应受的刑罚，一个人列完就列下一个。

比如，“相川隆／罪状：公然猥亵罪／刑罚：入狱三年……”总之她就像这样，把真正的刑法内容套用在他们身上。

具体说来，我刚提到的相川隆同学是个老说下流话的男生，所以被“判”为猥亵罪。粗暴的山村亮同学是伤害罪，打探别人的秘密并到处传播的三河洋子同学是损害名誉罪……

这些“罪状”直指了每一个人的要害，因此确实有趣，我也不自觉地开始填写空白之处。当时班上有个女生借了我的针线包却没还给我，我就在她的名字旁边写了“盗窃罪／入狱十年”……当然，我只是写着玩玩，这也只是个无聊的游戏。

可是……

我始终很在意那个标题，思考着“灭班”是什么意思？

而答案就在第二天的日记里。

她写的是等初中毕业后办同学会时，所有参加者都会死于烈性药物……

我不明白她的想法，就在日记上提问：大家为什么会死？

而她回复我：这是刑罚，不会停下来的。

她那时候的日记很不正常，详细地写下了灭班的计划。内容特别不吉利，我没法读到最后。真的很可怕，很恐怖。我已经没法和怀着这种心思的人保持来往了，于是我打了电话给她：“要是你继续写这种东西，咱们就别再交换日记了。”

那时候的我觉得即使因此和她绝交也无所谓。而且我也明白自己只有她一个朋友，如果失去了她，我会很没面子。换教室上课也好，去洗手间也好，我全都得单独行动。就因为不想被别人看作一匹孤狼，就因为这份虚荣心，我才勉强配合着她行动。反过来说，我们的友谊其实仅限于此。

可没想到她却跟我道歉，说不是我想象的那样，又说她在日记里写的是剧本。

我问了详情，原来她是受初三A班的戏剧部部长所托，所以才写的。

我记得那位担任戏剧部部长的男同学，因为他在初一时与我们同班。他家在镇上开着一家工厂。入学时，他的自我介绍词是“我不想继承家业，我要以进军世界为目标，当上舞台剧导演”，总之是个说话很夸张的人。

但我总觉得他有些阴沉，很难接近，衣着打扮也不整洁，所以不怎么喜欢他。不过海藤同学好像和他很合得来，我经常看到他俩聊天。

我心想她居然还跟那男生有联系啊，方才的绝交之心也烟消云散了，反而有些嫉妒他们。

女人真的很不可思议呢。

我以挚友的心态，给了她一个忠告。我说："你还是和那种人保持距离比较好，跟他相处百害而无一利。"

比起忠告，这更像是单纯地说坏话吧。

而且我不只在电话里这么说，还洋洋洒洒地写了一篇日记，里头净是数落那个男生的话，完全停不下笔，连我自己都震惊了。最后我连续写了整整五页，全都在骂他，简直像跟他有杀父之仇一样。那个年纪就是如此不可理喻，可以这么彻底地讨厌一个没对自己做过任何坏事的人。可能是精力过剩吧。

但第二天，我冷静下来，重新看了一遍昨晚的日记，心里有些惭愧。毕竟我对那个男生的敌意已经暴露无遗，而且那很明显是嫉妒心。海藤同学应该会很失望吧。但我也没有重写的时间了，所以便没有把它交给海藤同学。

然而，就在那天出事了。

之后她再也没来过学校。那个日记本也一直留在我手边。

嗯，现在还在。

我一直留着它。

尽管不想要了，却依然留着。

当然，我也曾多次想把它处理掉，可毕竟做不到。因为扔了的话会被别人捡走吧？这么一想，我的太阳穴就会疼，而且头痛欲裂，眼前发黑。因此我最终没能扔掉它。家里要是有碎纸机倒还好办，但靠它其实照样不能妥善处理。试想，如果有人把碎纸拼起来……总之我真的深受这些幻觉困扰。

结果那个日记本至今仍放在我房间深处，包括在我上大学开始独居之后，在我结婚并拥有了自己的小家庭之后，我也依然把它当成宝贝一样紧紧抱在怀里，带着它到了新居。

虽然这只是我的个人之见……我认为所谓“犯罪者”，大致可以分成两类。一类会把物证处理掉，另一类会把物证藏在自己身边。

前者必定是乐观且具备能动性的人，说得简单点，他们凡事并不多做考虑，充满行动力，多半在学生时代也属于班级里的核心团体。但他们没法构筑起亲密的人际关系。朋友也好、恋人也好，都能换个不停。

而后者胆小，性格消极，说好听点叫作“为人深思熟虑”，遇事总会考虑过头，最后无法付诸行动。但相应地，这类人可以和自己认定的对象们走得很长远。

唉，我毕竟不是专家，所以就随便分析一下啦。

自从我在电视里看到案件报道之后，便不自觉开始琢磨，把尸体扔在山林里的人和把尸体体藏在自己房间壁橱里的人之间有什么区别。

抛尸的人大概是试图把自己和案件切割开来。总之就是想忘了自己犯过的事，不希望一直被案子拖累。也就是说，很多冲动型杀人案中会出现这种现象吧？

而另一方面，那些藏尸于自己地盘内的人，是准备把案件背负到底的。或者说，他们也许不想忘记自己犯下的事。不过亦可能单纯就是没有抛尸的胆量，或认为把尸体放在身边便能够降低案件暴露的可能性。总而言之，尸体和他们的命运必须绑在一起，所以他们的心理负担相当重。

其实我要表达的是自己一直藏着那本日记的理由。

我打算通过它来支配海藤同学的一部分人生。只要它在我手里，我便随时可以对她进行单方面的接触，而且还能单方面地独占她的时间……以“威胁者”的身份。

话先说在前头，我当然没有威胁过她，也没有真动过这种念头。我或许只是希望可以在她面前处于优势地位，想要沉醉在只有自己掌握着一个无人知晓的秘密的快感里。

嗯，就是这样的。

接下来必须谈谈那件事了。很抱歉，我又东拉西扯了。

那是初中三年级黄金周刚开始时发生的事，我忘都忘不掉。

有个女生在理科实验室里碰到烧杯，然后她的手就坏死了。

那个女生其实有点问题。她的成绩非常普通，只是个平凡的可爱女孩，待人和气，在男生中蛮受欢迎的，老师们对她的评价也不错，但女生们却对她保持着一点距离，因为她会向老师们告密，所以绰号叫“小报告”。

当时她接触到烧杯，然后受了伤……不，已经不能叫受伤了，因为那是必须切除手部的重伤。摸一下烧杯就得截肢，怎么会有这种事?

但它确确实实发生了。尽管我只是瞟了一眼……该如何形容呢……她的手就像发霉的土墙，像混合了绿色和褐色的黏土一样。我第一次见到这种颜色，而且还散发出一股腐臭味。虽然她立刻就被送往医院，可一小时后，我便听说医生把她的手切除了。

这件事很快遍传遍了整个学校，引起了极大的骚乱。大家都陷入了恐慌之中，怀疑是不是幽灵作祟。因为我们初中有个谣言，说理科实验室里有幽灵出没。

嗯，就是那种很常见的校园志怪传说啦。我们学校的女厕所、音乐教室、体育馆仓库、通往屋顶的楼梯都有类似的故事。接着，开始有传言说下一个出事的可能是女厕所，但男厕所却在这时候出事了。它位于体育馆边上，平时很少有人使用。在那个厕所里，一位数学老师准备去拧洗手池的水龙头，而他的手也坏死了。事发时间就是理科实验室发生事故的当天傍晚。尽管学校立即将那位老师送往医院，但还是截去了五根手指。

于是骚乱进一步扩大，大家都说这绝对是幽灵作祟。

然而我似乎知道原因，心想——是氢氟酸吧。

而事实也如我所料。校方并没有公开这件事，只是把它作为奇闻怪谈扔着不管——不，他们反而利用了幽灵作祟的谣言，打算推卸责任。所以他们同样没有公开另一件事，那就是我们学校有个男生被警察带走了。

对，就是那个家里开工厂的戏剧部部长。

警察找上他的理由也很简单，他家的工厂里好像常备氢氟酸，因此他有办法拿到那玩意儿。对了，他在次月便转学了。

再后来，我听说他带着氢氟酸是打算防身用的，结果想搞个小恶作剧，便把它涂在烧杯和水龙头上。我们上初中那阵子很流行在门把手上涂强力胶的整人游戏，所以他也想来上这么一出，但并不知道氢氟酸是烈性药物。

最终，警方好像也收手不再调查了。毕竟这只是小孩子淘气瞎胡来。

不过我明白……事实并非如此。是海藤同学通过那个男生搞到了氢氟酸，并出于明确的杀意而使用了它。因为详细的计划都被写在了那本日记里。

其中也实打实地提到要在理科实验室的烧杯和男厕所的水龙头上涂氢氟酸。至于谁会接触到这些东西，通过大家平日里的习惯便能精准预测出来。而实际上，烧杯正如海藤同学所料，被“小报告”碰到了。男厕所的水龙头则失算了，她真正的目标是我们的班主任。我不清楚是因为计划乱了还是因为其他什么原因，反正自那天之后，她就再也没来过学校。

第二周我才知道，她转学去了隔壁镇子上的初中，说是为了准备兰圣高中部的招生考试，所以搬去了离兰圣更近的地方。在她转学之后，那个家里开工厂的男生也转走了，按说校园里会兴起一些谣言，觉得这里头有古怪，但实际上大家哪还顾得上。恐慌的情绪无法得到平息，而且愈演愈烈，校内接连出现精神崩溃的学生，这些学生又相继转去其他学校，相比之下，海藤同学和那个男生转学也就不显得异常了。

只有我了解真相。

我觉得是那个男生把氢氟酸从工厂里带出来的，而且他真不知道那是一种烈性药物。而利用了他和氢氟酸的无疑是海藤同学。她在日记里策划过，要用氢氟酸给全班同学造成伤害。

我只是不明白为什么那个男生说一切都是自己干的。

莫非，给烧杯和水龙头涂上氢氟酸的也是他本人吗？海藤同学哄骗了他，告诉他这只是个“小恶作剧”。他之前坦白时也说自己就是存了这么个心思。他或许正是因此才去动手实施的，反正没什么大不了，就和涂强力胶差不多。

就算如此，他为什么绝口不提海藤同学呢？

想必是出于共犯心理吧。

家里开工厂的小子在不明所以的情况下被人设计成为共犯，又接受了各种逼问，于是便产生了一种自己才是主犯的错觉？

简直和我一模一样。

我读了海藤同学的日记，不知不觉也成了共犯。

我藏起那本日记的理由并不仅仅是想在海藤同学面前处于优势地位，还因为她让我陷入了恐惧，仿佛我才是主犯一般。因此我只能守着这个秘密，直至今天。

我守口如瓶，海藤同学的犯罪详情也同样不会暴露。

总之，她通过设置两名共犯，成功封印了自己的罪孽。

但封印已经失效了。我今天是做好思想准备才来的。收到您的短信息时，我认为这是我最后的机会了。我终于能从长久以来的重负中得到解放。

所以我把它带了过来。拜托您，请收下它！我已经不想再收着它了！

3

“我已经不想再收着它了！”

小出志津子说着，便将一本笔记簿放在桌上。封面上印着三丽鸥的卡通角色，看起来梦幻得很。

“我可以看看内容吗？”凛子问道。

“当然。我已经把它交给您了，所以随您处置。”

小出志津子拿起之前和鸡肉焗饭一起点的炸薯条。

她的脸色明显比刚才好多了，理由应该不仅是因为薯条很好吃，还包括她终于卸下了背负多年的重荷。绝对是这样的。

凛子一边觉得被人塞了些麻烦的东西，一边缓缓地翻开了那本笔记簿。

第七话　惠麻的去向

1

（二〇一五年六月八日　周一）

松川凛子窝在车座里，迅速翻开随身携带的笔记本。她乘坐的是从逗子站出发的湘南新宿线，下午四点零二分发车，车程一小时，预计将在下午五点零八分抵达新宿。

她不确定在这一小时内能整理出多少信息。但或许是出于职业的直觉，她有一种极为不妙的预感。不论这个预感会否成真，她都必须整理思路，以做一定程度的心理建设……

凛子先用圆珠笔飞快地在随行笔记簿上写下“柏木阳奈子”。

【柏木阳奈子】

一九八六年（昭和六十一年）出生，兰圣学园第八十九届学生，高中时期的绰号是“小土妹”。

大学期间成为商业漫画家，出道两年后推出的作品一夜爆红，十分畅销，前途备受期待。去年，即二〇一四年（平成二十六年）六月二十五日（周三）下午四点十五分左右，从工作室（场所为租用的公寓）附近的天桥上坠落，次日死亡，享年二十八岁。

【小林友纪】

一九七六年（昭和五十一年）出生，现年三十九岁，一九八九年（平成元年）进入兰圣学园初中部，一九九七年（平成九年）成为商业漫画家，但却销量不佳，便转为漫画助手。一九九八年（平成十年）结婚，两年后女儿出生，二〇〇三年（平成十五年）离婚，带着女儿寄住在位于琉璃市的娘家，并于同一年内以漫画家的身份赴母校兰圣学园演讲，与当时念高二的柏木阳奈子相遇。

二〇一〇年（平成二十二年）把女儿留在娘家，自己前往东京，辗转于畅销漫画家之间，担任他们的助手。二〇一四年（平成二十六年）经编辑介绍，成为柏木阳奈子的助手，又于同年六月二十五日在工作室附近的天桥上将其推落。

我受兰圣学园第六十二届学生坂谷法子委托，为小林友纪做辩护，主张其并非间接故意犯罪，而是过失犯罪。今年四月十六日，我被告知她因故意伤害罪致人死亡，获判实刑两年六个月。

【铃木咲穗】

旧姓室伏，一九八六年（昭和六十一年）出生，现年二十九岁，兰圣学园第八十九届学生，高中期间和柏木阳奈子同班，当时的绰号是“评论家”，现在住在老家琉璃市，属于“留守人群”，丈夫是牙医，两人育有一子。

去年即二〇一四年（平成二十六年）六月二十三日（周一）来到我的律师事务所做咨询，内容是她因同班同学兼宝妈朋友的大崎多香美而起的烦恼以及“六月三十一日的同学会”的邀请函。

同时，她也是兰圣学园创设一百周年纪念同学会的干事之一。

凛子暂时停下了手中的笔，陷入回想。

对了，从铃木咲穗来访的那天算起，只隔一天，新闻便播出了大崎多香美的死讯。而大崎多香美之死上新闻的这一天又恰好是柏木阳奈子被推下天桥的日子，并且在坠桥次日，柏木阳奈子也去世了。即是说，兰圣学园毕业生连续死亡的疑案或许就是从六月二十三日开始的。

当然，“兰圣学园毕业生连续死亡的疑案”只是凛子自己取的名称。由于柏木阳奈子和大崎多香美两人死亡时各自所处的环境、情况互不相关，因此警方也好，世人也好，都不曾将这两桩案子联系在一起考虑，包括凛子本人也是。仅看案子本身的话，她不认为它们彼此间存在联系，只觉得是两位兰圣学园的毕业生，而且是同一届的毕业生，只是碰巧在同一时期去世的。

如今想来，铃木咲穗或许是有什么预感，所以才登门拜访的。如果只是宝妈朋友之间的人际关系问题，按说根本就不会来找律师商量。

确实，要列时间线的话，必须把铃木咲穗放在最前面。

凛子再次快笔写道：

①二〇一四年（平成二十六年）六月二十三日（周一）十三点左右，铃木咲穗来访。

②二〇一四年（平成二十六年）六月二十四日（周二）二十三点左右，大崎多香美在自宅玄关口死亡，次日的新闻播出了其死讯。

③二〇一四年（平成二十六年）六月二十五日（周三）十六点十五分左右，柏木阳奈子从工作室附近的天桥上坠落，次日死亡。

④小林友纪因涉嫌将柏木阳奈子推下天桥而被捕。

“大崎多香美……”

凛子把随行笔记簿往前翻，再次回想。

说起来，大崎多香美应该是死于氢氰酸。她接触到了这种剧毒并因此猝死。现在尚不清楚她为何能接触到它。氢氰酸没那么容易弄到手，普通人平时按说不会有机会误接触到。那么大崎多香美是怎么回事？

凛子拿出手机，试着检索“大崎多香美”，结果屏幕出现了好几篇当时的热门报道，还有一些匿名留言板上的信息，留言者似乎是认识大崎多香美的人。

互联网还真是方便，毕竟能像这样一边坐电车一边轻松地开展调查工作。我刚当上律师那会儿，哪怕只做一丁点调查，也要跑东跑西，找些新闻报道都得花上半天时间，而如今却大不同了。

但现在也有新的麻烦出现，即情报过量。人们经常会被“假料”欺骗。在匿名留言板上也不时出现明显对大崎多香美怀有恶意的留言，一些混杂了私人情绪的坏话。

它们说她自作自受，叫她下地狱。

但为什么说她是自作自受呢？

读了这些留言，凛子觉得大崎多香美好像树敌很多。铃木咲穗也指出过这个问题，据说大崎多香美一直做出一副谦虚认真的样子，但暗地里却老爱对人使绊子。还说她很擅长巧妙地刺激别人最软弱的部分，通过最低程度的攻击来给对方造成最大限度的伤害。

而且不仅如此，留言板上还写着“大崎多香美的丈夫是从别人手里抢来的。她念大学时就和比自己年长十岁的餐饮店经营者搞外遇，二十四岁时以怀孕为由逼对方离婚，而被对方抛弃的原配妻子甚至自杀未遂”等内容。

这些关于大崎先生前妻的故事太过详细了，是大崎多香美身边的人写的吗？又或者是出自那位前妻本人之手？

为了整理思绪，凛子再度动笔。

【大崎多香美】

旧姓本田，一九八六年（昭和六十一年）出生，兰圣学园第八十九届学生，高中期间和铃木咲穗、柏木阳奈子同班，当时的绰号是“班长”。

二十四岁时和比自己年长十岁的已婚男性（个体经营者）结婚，两人育有一子。

死亡时居住在琉璃市附近的镰仓市，是个典型的阔太太，与铃木咲穗是宝妈朋友，去世前还在帮忙筹划兰圣学园创设一百周年的纪念同学会。

去世当天似乎与人有约。

“去世当天似乎和别人有约”是网络留言板上的情报，因此可能是“假料”。不过当时有某篇周刊报道提到，她去世当天看着确实是在做待客的准备工作，要在家里开宝妈朋友们的茶话会。她丈夫则作证说，她在例行的茶话会结束后和往常一样出去买了东西，做了晚饭，之后全家围着桌子共进晚餐，那时候她还很精神。然而，到了二十三点左右，在她躺上床准备睡觉时，说自己痛得厉害，还叫了救护车，可由于时值深夜，救护车来得慢了些，她便死在自家的玄关口。死因是急性药物中毒。

警方从大崎多香美的遗体中检测到氢氟酸，而且双手双臂都沾上了，痛楚之剧烈简直无法想象。她痛得整个人都陷入癫狂，不管怎么按住她，结果都被她挣脱开。她临死前的惨叫声响彻了整个街区，她本人亦在地狱般的痛苦中死去了。第一个遭到怀疑的便是她的丈夫，可无论如何调查审讯，结果都缺乏杀妻的动机和决定性的证据，因此警方很快就把他从嫌疑人的名单中剔除了。那么，这是个意外吗？她误触到氢氟酸了？不，这并不是洗涤剂或沐浴露，不会作为替代品而会被人误触到。再者，为什么是氢氟酸?

整件事谜团重重。

结果大崎多香美的案子至今仍未告破。

凛子记得她在看到这条新闻时，心里产生了一股“不和谐感”，当时她的手里有好几桩难案，还患有慢性头痛，因此这种异样的感觉便在不知不觉间消失了。不过她多少还是惦记着大崎多香美之死，一方面是由于多香美的兰圣毕业生身份，另一方面是铃木咲穗前来做咨询时，谈论的正是大崎多香美。

凛子突然意识到什么，重新看向手机屏幕，在搜索引擎中输入了“氢氟酸”。

网络百科显示——

【氢氟酸】

各种含氟化合物的重要原料，同时应用于玻璃化学加工、半导体硅片刻蚀技术中……在牙科技术领域亦被使用，但由于其毒性，因此无法涂敷在活人的牙齿上。是一种一经接触便会对人体造成严重腐蚀的剧毒化学品。

牙科？

凛子将视线收回到随行笔记簿上。

“铃木咲穗……丈夫是牙医。”

牙医应该能轻易获得氢氟酸，之前也发生过牙医误把氢氟酸涂在患者的牙齿上，导致患者死亡的事件。

“莫非……”

铃木咲穗是个什么样的人呢？凛子对她的外貌形象只剩下模糊的记忆，但对她整个人的印象却至今仍觉鲜明。

铃木咲穗和她那“评论家”的绰号非常相符，心直口快，不会藏事，可以说是表里如一的性格，即使撒谎也能从脸上看出她内心的动摇。凛子因为职业关系，见识过各种谎言，所以有自信能从对方的表情上辨别此人是否在撒谎。而铃木咲穗，至少在她上门咨询的过程中应该并没有说假话。没错，要是她心中抱有杀意，那么会在脸上表现出来亦不奇怪。

不，铃木咲穗也可能是个撒谎的天才，厉害到简直可以骗过我。说到底，她为什么会在那一天过来呢？那天……也就是去年六月二十三日，她就是为了预告大崎多香美的死亡才来拜访我的事务所的吗？难道是为了让我给她做不在场证明？

不会的，是我想过头了吧？作为律师可不该光凭人家嫁给牙医就把思维发散到这个份儿上。铃木咲穗的丈夫是牙医，以及六月二十三日这个日期很可能都只是偶然。

无论如何，我近期必须去见她一次。大崎多香美死亡事件当然是原因之一，同时我对“六月三十一日的同学会”也很在意。她之所以会找上门来，原本就是因为收到了那个同学会的邀请函而心生不安。

“六月三十一日的同学会”是兰圣学园从很久以前便一路流传下来的传说，类似于全国各校都有的“校园奇闻怪谈”，内容非常无聊，说是如果受邀参加“六月三十一日的同学会”，“处罚”便在等着你。

凛子听说过兰圣学园曾有一项传统，即会对学生进行“处罚”。尽管老师们称之为“提升教养”，不过比起亲自管教，或许还是交由学生们动手执行会更有成效，因此校方默许高年级学生对学妹们施以“处罚”。也有说法称，这其实是打着“处罚”之名，行“私刑”之实。

但至少在凛子念高中时，这项传统已经被废除了。当年的她在快要入学之际，听说兰圣学园出事了，也可能是意外事故，总之学园的运营方提出声明，禁止高年级学生再对学妹们动口动手。因此，不同年级之间出现了铜墙铁壁般的隔阂。“不准以‘处罚’为名动用‘私刑’”的声明在不知不觉间便被过度解读为不允许跨年级接触了。而结果也有好有坏，好处是学妹们可以无视学姐们的看法，自在地度过校园时光，坏处则是 “高年级”的威严一旦失去，便轮到同年级学生来保留“处罚”的传统，实行“处罚”的手段亦十分巧妙。

“真不愿回想啊。”

凛子揉了揉内眼角。

她看向车窗外，只见镰仓的景色匆匆掠过。她打开在逗子站的售货亭买的杏仁巧克力的包装盒，取出一粒放进嘴里。

令人怀念的味道在口腔中扩散。

准备考试那会儿，她手边常备这款杏仁巧克力，靠它熬过接连袭来的困意、饥饿，以及烦闷。当时的她一天能吃上五盒。她喜欢的吃法是先把巧克力含化，只留下杏仁，接着让那颗杏仁在舌上滚动，直到她满足为止。而当她感到满足的一刹那，就会立即将杏仁咬碎。由此带来的些微快感可以使她的大脑得到短短一瞬的解放。

眼下，她就像以前一样，猛地咬碎了舌上的一整颗杏仁。

微小的快感复苏了。接着她便想再次品尝这份快乐，于是又含入了一粒巧克力。

同时，她将视线收回到随身携带的笔记本上，看着自己写下的“铃木咲穗”这个名字。

铃木咲穗的脸浮现在了凛子眼前，模模糊糊的。那是一张苍白的脸。

没错，她在害怕！怕自己可能会受到“处罚”！那份恐惧感绝对不是演出来的！

她在“铃木咲穗”的名字前画上了一个大大的记号，随即用小字备注道：“下一个目标？”

“目标”。

福井结衣子确实也说过同样的话。

那是在上个月（也就是五月），福井结衣子来访时发生的事了。

凛子重新握紧手中的笔，继续写着。

【福井结衣子】

一九八六年（昭和六十一年）出生，兰圣学园第八十九届学生，高中期间和柏木阳奈子、铃木咲穗、大崎多香美同班，当时的绰号是“药店”，该绰号取自她的老家——福井家代代相传的药店，地点位于琉璃市。她的母亲是药剂师，父亲自称影像作家（因心力衰竭去世），比她年长七岁的姐姐是家庭主妇。

在今年五月二十日（周三）十一点左右来到我的律师事务所做法律咨询。

咨询内容有两点，其一是“六月三十一日的同学会”。她在兰圣念高一时，班里选了一部名叫《六月三十一日的同学会》的原创戏剧去参加学校的学业发表会。如今，柏木阳奈子、大崎多香美以及她本人的挚友都如同那部剧本所写一般去世了，她怀疑下一个死的会是自己，怀疑自己也将被人杀死。

其二便是她的家庭问题。她有被害妄想，认为母亲跟踪自己，并且会杀害自己。

当时由于某电视节目的录制时间就快到了，我委婉地送走了她，但当天下午她便倒在山手线的新宿站站台，并于被送往医院的途中死亡，死因是心力衰竭，享年二十九岁。

凛子叹了口气，叹息声细不可闻。

她在福井结衣子离开律师事务所以后，便得知了对方的死讯。那天她要参加一个电视节目的录制工作。她接到通知时，正在电视台的休息室里化妆……

这也是偶然吗？

后来凛子听说，福井结衣子突然倒在站台上，也有人说她由于某种原因差点被进站的电车撞上，受到了惊吓。

福井结衣子是因为受到了心理暗示，认定自己是下一个目标，不觉间被这份暗示逼到了站台边上，随后出于遭电车碾死的恐惧而心脏骤停吗？或者，正像她自己说的那般，是她母亲下的手？不对，应该不至于。如果她母亲在场，只会去救女儿。

福井结衣子的姐姐狭山路子在上上个月，也就是四月时，也来找我做过咨询，商量的内容正好跟结衣子本人相关。

福井结衣子从兰圣学园高中部毕业之后，去了都内的服装类专业院校，后来又在一家名叫上等人通信技术公司的传销公司工作，以投资为名对自己的熟人、家人、老同学强卖健康食品和水，有时甚至给他们介绍高利贷，结果那些借了高利贷的被害人还闹到福井结衣子的老家去了。尽管她的母亲每次都扛下了贷款，但终究还是有人因还不上钱而自杀身亡。死者是福井结衣子的一名老同学。狭山路子觉得再这么下去，妹妹结衣子会成为真正的犯罪者——不，她已经犯罪了。为避免出现更多受害者，狭山路子希望无论如何都要把妹妹从那家公司里救出来。

当时我给狭山路子的建议是：为了证明那家公司存在反社会行

为，需要收集证据。我还给他们介绍了征信公司，或许正是因此而让福井结衣子怀疑自己受到了跟踪，于是也来到了我的事务所找我商量。

姑且先这么写上吧。

凛子回顾了随行笔记簿上的内容，又在时间轴后添上了⑤，补上新的内容。

之后，她重新审视时间轴，在关键字上做标记。

① 二〇一四年（平成二十六年）六月二十三日（周一）十三点左右，铃木咲穗来访。

② 二〇一四年（平成二十六年）六月二十四日（周二）二十三点左右，大崎多香美在自宅玄关口死亡，次日的新闻播出了其死讯。

③ 二〇一四年（平成二十六年）六月二十五日（周三）十六点十五分左右，柏木阳奈子从工作室附近的天桥上坠落，次日死亡。

④ 小林友纪因涉嫌将柏木阳奈子推下天桥而被捕。

⑤ 二〇一五年（平成二十七年）五月二十日（周三）十四点左右，福井结衣子倒在山手线的新宿站站台，并于被送往医院的途中死亡，死因是心力衰竭。

原来如此，这么看来确实是“连续”死亡。

“不仅如此，在多香美同学死后，阳奈子同学和结衣子同学也接连去世……啊，结衣子同学之前还有宁宁同学。”

这话是矢板雪乃说的，凛子翻动笔记本，在空白页上写下新内容。

【矢板雪乃】

一九八六年（昭和六十一年）出生，兰圣学园第八十九届学生，高中期间和柏木阳奈子、铃木咲穗、大崎多香美、福井结衣子同班，当时的绰号是“公主”。

矢板家在老家当地是屈指可数的名门望族，战前还拥有爵位。矢板雪乃也人如绰号，是一位优雅的美女。

矢板雪乃在福井结衣子的葬礼当天给凛子打了电话，声音中带着走投无路的感觉，说：“下一个被杀的可能就是我。”

她也是兰圣学园的第八十九届学生，是柏木阳奈子她们的同届生，而且高中三年都是同班。

接到电话的第二天，凛子就去琉璃市文化中心的咖啡厅和矢板雪乃见了面。

其实她并非闲得没事才跑去见咨询者，尽管现在号称是“律师们不得志的时代”，但她总有一大堆工作要做，委托也络绎不绝。

后来凛子做了自我分析，她坚持在百忙之中去见矢板雪乃的原因只有一个，那就是无法抑制的好奇心。那好奇心实在太过强烈，几乎等同于欲望，实在无法克制。虽然她很想自控，却接到了第八十九届的学生们打来的咨询电话。她们在通话中悲鸣般地倾诉着自己很可能成为下一个被害者。福井结衣子的死讯似乎在同一届的学生们之间正式播下了恐怖的火种，凛子居然在福井结衣子的葬礼当天收到四通内容几乎一样的电话，而第五通电话便是矢板雪乃打来的。凛子终于忍无可忍，对提出希望来事务所面议的雪乃说要亲自过去见她。尽管凛子对自己的举动感到震惊，可是眼下的情况确实值得她专程跑一趟。

她从矢板雪乃那里听来了各种意味深长的话。

首先是福井结衣子也接触过原创戏剧——《六月三十一日的同学会》。

凛子又陷入了不快的回忆之中，但她将这些想法从脑海中挥去，随后在笔记本上草草写下“原创戏剧《六月三十一日的同学会》”。

【原创戏剧《六月三十一日的同学会》】

那是在兰圣八十九届生上高一的那年，柏木阳奈子她们班为学业发表会准备的原创戏剧。

故事的舞台设立在新天堂酒店。由于某些原因，十七名学生陆续聚集在该酒店的餐厅。从剧本来看，那里大概是“另一个世界”，集合的学生们都是亡故之人。

那十七人聚在一起推理她们为何会死，以及自己死亡的真相。

最后，她们推理出了一个结论——自己是被杀害的。

初稿中的凶器是氢氟酸。

写下“氢氟酸”后，凛子突然顿住了。

又是氢氟酸。

她把笔记本往前翻，目不转睛地盯着潦草的文字。

福井结衣子的母亲是……药剂师？药剂师能轻易弄到氢氟酸吧？停下停下，我又发散过头了，老改不掉靠直觉抄近道的毛病。我本以为自己当上律师之后就能把这种坏习惯纠正过来，但还是不时会犯。

凛子挺直后背。驼背也是她改不过来的坏习惯之一。虽说她已经有意挺直脊背，但不知何时开始，她的后背便弓得像个老婆子似的。

她望向车窗外，发现差不多已经过了户冢站了，不久便能抵达横滨，因此还只剩下一点时间。她继续往下写，给【原创戏剧《六月三十一日的同学会》】一项加上了新的情报——

“剧中遇害的十七名学生按字母表顺序命名，第一人叫A子，最后一人叫Q子。A子由大崎（旧姓“本田”）多香美饰演，B子由柏木阳奈子饰演，C子由宁宁饰演，D子由福井结衣子饰演……”

凛子又像猫一般驼起了背。

矢板雪乃口中的“宁宁”就是因福井结衣子的传销行为而被逼到走投无路的受害人。凛子至今尚未调查这位“宁宁”的具体情况。于是，她便在“宁宁”二字边上加上了“尚需调查”的备注。随后，她又补上了另一个名字。

“惠麻”。

这个剧本的作者是惠麻。

第八十九届的学生们彼此间似乎是以名字称呼的。其中尽管掺杂了班主任的意图，但这也不是该届学生独有的习惯，凛子念高中那会儿也同样如此。理由是女学生们以后会结婚改姓，所以就算记住对方的姓氏，也不见得有用，而名字才是会保持一生的东西……总之，兰圣学园就是这么一所“新娘学校”，培养着未来的贤妻良母。即使表面上吸收了“性别教育”“男女平等”等时代的风潮，实际却仍原封不动地保留着创校当初的理念。

在矢板雪乃的记忆中，“惠麻”始终是“惠麻”，而她对惠麻的姓氏的记忆则早已不复存在。不，与其说是“忘了”，不如说是“从没记住过”才对吧。

所以当凛子说出“海藤”这个姓氏的时候，矢板雪乃也呆呆的没有什么反应。

但当凛子给矢板雪乃看了照片，对方倒是非常确定地说道：“是的！就是她！不会错的！”

惠麻的全名叫作海藤惠麻。

她在凛子的事务所工作，五年前被凛子雇用，成为事务所的一员。她很优秀，凛子相当中意她。

没想到她居然在兰圣学园念过书，而且还和柏木阳奈子她们同班，甚至是《六月三十一日的同学会》的作者。

这又是个偶然？不，已经不能说是偶然了，那么多偶然叠加在一起，必然是有意图的，没错，是有人故意为之。

话虽如此，凛子很在意有那么多兰圣学园的相关人士和毕业生登门及来电的情况下，海藤惠麻却从未提及过兰圣，连一个字都没有。究竟有何种用意呢？凛子一直没有过问，就这样过了两周。而今天，凛子为了见海藤惠麻初中时的熟人，跑去了逗子市。

那位熟人名叫小出志津子，一九九九年（平成十一年）进入位于家乡的一所公立中学，并在那里遇到了海藤惠麻。后来两人成为挚友，开始交换日记。

“海藤惠麻……”

现在距离她与小出志津子见面才过去两个小时，她还清楚地记得从对方口中听到的话。

如果那些话全都属实，那么海藤惠麻无疑是一名精神病患者，要不就是一个变态者。总之，小出志津子讲述的轶事太惊人了。当时还是对少年犯罪非常宽容的年代，所以他们初中发生的案子便不了了之了，但海藤惠麻犯下的显然是重罪，不该被隐匿，也不该被含混过去……不过，要是她遭到起诉，又找我来辩护，该怎么办？对了，肯定要以十四岁的年龄作为盾牌，奋力争取无罪。过去，成年人也因为“她还是个孩子”而漏了她的罪行。

凛子又一次揉了下自己的内眼角，眼里传来阵阵刺痛，那是犯头疼病的前兆。果然不该吃杏仁巧克力吗？她不知何时好像听说过巧克力会引发头痛。

但她忍不了，又拿起一颗杏仁巧克力，放进嘴里。

电车就快要驶入东京了。报站声传来，说下一站是大崎站。

总之……等我回事务所，就直接去问问看海藤惠麻本人吧。她绝对掌握着某些重要情报。有关“兰圣学园毕业生连续死亡疑案”

和“六月三十一日的同学会”的关键信息。

凛子静静地合上了笔记本。

2

然而，海藤惠麻不在事务所里。

她的上班时间是上午九点到傍晚六点，现在才五点四十五分。凛子只看到老员工田村先生那弓起的背影。

“海藤小姐呢？”

凛子一边脱外套一边向田村先生打听，对方却反问了她一句：“咦？她不在？”

“她刚刚还在啊。”田村先生摘下老花眼镜，眼神蒙眬地说，“是去便利店买零食了吧？你看，那不是她的外套吗？”

如田村先生所说，海藤惠麻的外套还挂在她的办公椅上，但她平时就会挂在这里，所以这并不能作为她还没走的证据。

凛子往海藤惠麻的办公桌下方看去。那里放着一只塑料筐，惠麻会把包包等私人物品放在里头。当然，事务所也给员工配了储物柜，但惠麻说过想把包包放在手边，所以不知什么时候去百元店买了这个框子并放在桌下。

不在。包包不在筐子里。

“咦？但她没说要回家啊，肯定是背着包去便利店了吧？”

虽然田村先生这么说，可不仅是包，她的午餐袋也不见了。海藤惠麻来上班时都会带着亲手做的便当。凛子注意到这一点，便在她生日时送了一个利伯缇的午餐袋作为礼物。她好像非常喜欢那个袋子，每天都提着。而此刻它同样不在框子里。

“嗯？她真的回去了？我完全没注意到啊……水壶呢？她的水壶也没了？”

水壶倒是还在。

“那她果然没回去嘛。因为她不可能放着水壶就走，她说过只喝自己泡的药草茶。”

确实，海藤惠麻从未把水壶忘在公司。

“先别管海藤小姐了。倒是您，还来得及吗？”

“什么？”

“今天要录电视节目吧？”

“啊？”

“就是平时那个节目啊，您担任常驻嘉宾的《平息愤怒的人生咨询处》。录制时间从明天改到了今天吧？”

凛子突然觉得血压上升。上周节目组联系自己，说是录制时间调整为今天，从十九点正式开始。

她看向时钟，已经快十八点了。

汗水从她的腋下渗出。

但她表面上装得若无其事，说道："嗯，没事，接下来我就要去录节目了，不过忘了东西，所以顺便回来一趟。"

说着，她快步走到自己的办公桌边，用正好能让人听到音量的自言自语道："哎呀，我放哪儿了……哦，在这儿呢……"

随后她将一份没什么用的文件放进自己包里。田村先生面无表情地打量着她，老花镜片后的双眼仿佛在问："您没事吧？最近忘带东西的情况有些频繁啊？"

而她则仿佛是要否定田村先生的想法一般，一边把刚脱下的外套穿上，一边说着："那个制片人真是的，完全不管别人的安排，自说自话改了时间，真讨厌。"

+

"松川律师，您好像很忙啊？"

给凛子化妆的人还是往常的那位造型师，她在说话的同时，用吹风机吹着凛子的头发。平时，她得花上一个小时的时间打理发型和面部，但今天没那么多时间，再过十五分钟节目就开录了。凛子翻开台本，解释般地回复道："嗯，是有些忙，这阵子事有点多。"

凛子从五年前开始担任《平息愤怒的人生咨询处》的常驻嘉宾。这是一档娱乐综艺节目，主要内容是用滑稽幽默的形式来再现艺人或普通人希望咨询的问题，随后由律师、医生、大学教授等专家进行回答。节目本身相当受欢迎，据说平均收视率从不低于两成。拜其所赐，凛子的工作量也暴增，如今她正是托了这档节目的福，才会每天都忙个不停。

这档节目出现之前，凛子的律师事务所只能说勉强维持。当时她刚从一家著名的律师事务所独立出来，创建了自己的事务所，但接不到优质的委托——所谓优质委托指的是大额报酬的法律顾问工作。如果没有这类业务，经营一家事务所便相当困难。不论有多少单件委托突袭而来，但凡拿不下收入稳定且可观的顾问合同，结果都只能让事务所朝不保夕。不过在节目组决定让凛子成为常驻嘉宾团的一员后，便有非常多的企业邀请她担任顾问。

现在想来，已经是五年前的事了，这或许是凛子人生的转折点。她不信占卜或命运，但是人生中无疑是存在转折点的。

“转折……”凛子不小心将心中所想说了出来。

“嗯？”

造型师瞬间停下了手中的梳子，但现在已经没时间慢慢腾腾的了，她又迅速用梳子做起了卷发。

“人生中有时会出现一些转折点吧？比如是选A，选B，还是选C呢？”

凛子假装这是台本上的内容，一边翻动台本，一边说道。

“您说转折点吗？”造型师灵活地操作着梳子回应说，“我以前听说过，转折点上栖息着恶魔呢。”

“恶魔？”

“嗯，据说它会故意让那些犹豫着不知道该选A、B、C路的人做出错误的选择。”

“错误的选择……”

海藤惠麻的脸突然在凛子脑中一闪而过。

五年前是我刚雇用惠麻的时候……对了，她刚来我这里没多久，我就收到了节目组的邀请。上电视做常驻嘉宾可是扬名的大好机会，但要是为了这个而怠慢了本职工作就本末倒置了。正当我犹豫不决时，海藤惠麻提出了她的观点。

“松川律师，您应该上节目哦。我认为观众们都希望能得到您那准确而恰当的建议，也有很多人会被您的话所拯救。”

现在想来，凛子正是因为这句话才下定决心的。当然，她自己也倾向于参与节目，不过总觉得还差一点，一句能助推她迈出一步的决定性发言。就在这个节骨眼上，她听到了惠麻那句“有很多人会被您的话所拯救”，瞬间便下定了决心。

“恶魔会用一些冠冕堂皇的话来蛊惑人心。”造型师说道，

“好像有这么一句话吧——‘通往地狱之路，常由善意铺就’……即是说，恶魔会披着善意的画皮，将他人诱骗到地狱，很可怕吧？而且我们目光所及之处的那些恶魔，说不定是如天使与天神般端正、纯洁的姿态呢。”

凛子觉得海藤惠麻的脸就在自己眼前，挥之不去。

乍看之下，惠麻长相可爱，有一种稚嫩动人的气质，瞧不出已经年近三十，而她的工作方式又很诚实，为人机灵、坦率、开朗、正直。然而，一旦把这些表象都剥除之后……

凛子的眼内又是一阵刺痛。她爱犯头疼，而这正是发作的前兆。

凛子慌了神，往包中翻找。

药，我常吃的那个药……

“松川律师，您事务所的海藤小姐还好吗？没出什么麻烦吧？”

造型师问得很唐突。

凛子正想反问一句，但却说不出话来。

“哦，对了，土门公美子小姐怎么样了？”

土门公美子？

“是呀，土门公美子小姐，还是您之前介绍给我的呢——”

然而就在这个瞬间，凛子感觉眼球后有什么东西破裂开来。

她的视野被染成鲜红色，又在不觉间变得漆黑。

海藤惠麻白皙的脸庞在这片黑暗之中漂浮了起来。

那张脸就像在说："松川律师，我知道您的秘密……您那天去了医院吧？去了她所在的医院。"

"所以啊，律师您也必须接受'处罚'。"

处罚？海藤惠麻小姐，你把我的药怎么了？你在我的药上动了手脚对吧？我会死吗？问你呢，我会死吗？海藤小姐，回答我啊，你现在在哪里？

第八话　公美子的推理

1

（二〇一五年六月十五日　周一）

土门公美子即将接受某女性杂志的采访，如今正在做发型。

“您知道松川凛子女士吗？”公美子相熟的造型师合田小姐问道。

“欸？”

公美子的脑子一下子卡住了。

松川凛子、松川凛子、松川……

“啊……松川凛子律师是吧？”

然而，当她把名字和本人对上号，信息就如怒涛般席卷脑海。

松川凛子是兰圣学园创立以来首屈一指的高才生，曾以东京大学为目标，不过最终还是去了其他的国立大学，似乎让兰圣的相关人士非常失望。但她似乎是为了洗刷污名，便向司法考试发起挑战，并取得了完美的胜利，现在已经是著名律师，业务繁忙，而且还是电视节目《平息愤怒的人生咨询处》的常驻嘉宾，可谓兰圣最为出人头地的毕业生……

“我当然知道啊。”公美子看着造型师在镜中的身影说，“她在我的母校可有名了，甚至有个不成文的规矩，说‘遇上麻烦就找松川律师谈谈’。实际上，我有一个同学遇害的案件，辩护工作也是委托给了松川律师。”

“您是说柏木阳奈子老师的案子吧？”

“欸？你知道啊？”

“嗯，知道……”

她透过镜子看到合田小姐的表情中带着些许尴尬，之后又露出了意味深长的笑容，但手上仍然没停，用腮红刷在公美子的脸颊上扫来扫去。

“其实我也负责过柏木老师的造型。”

“嗯？”

“就在她去世前不久吧，柏木阳奈子老师受邀上电视，当时就是我给她化的妆。”

“是吗？哎呀，可太巧了。”公美子下意识地绷紧肩膀，问道，“松川律师录节目时的造型师也是你吗？”

“是的。”

“还有我……”

公美子紧盯着合田小姐镜中的身姿。

其实她已经是第五次给公美子化妆了，但公美子一直没有好好看过她，所以搞不清她长什么样。毕竟公美子总是全神贯注于镜中的自己，此外的一切都只是模糊的风景。

这么说来，合田小姐当初为什么会来负责我的造型来着？对了对了，在“ABG电视台日本剧本大赛”的颁奖仪式上，电视台也过来拍摄了，所以我便请了造型师。是我自己找上她的。不过，怎么找的？想起来了，是与松川律师商量的结果。

毕竟那句“遇上麻烦就找松川律师谈谈”从学生时代起就深深烙印在我心里了。当然，我不会为一些鸡毛蒜皮就去找她，而是一直盘算着，当遇到一生中的大事再去找她商量。后来，那件大事终于来了，我的作品入围了剧本大赛，虽然只得到“佳作奖”，大奖空缺，但对我来说已经相当于是大奖了。“ABG电视台日本剧本大赛”就如同编剧圈的龙门，很多人在越过这道龙门就会变成畅销编剧。可以说，所有表现活跃的编剧都在这项大赛中获过奖。它的分量就是如此之重。因此，媒体也非常关注它。据说颁奖时还会举办媒体招待会，由电视台来进行拍摄，并在综艺新闻节目和新闻报道播放。如果这还不叫大事，那什么才算得上大事？

所以我毫不犹豫地找松川律师商量了。我妈当时还对我做鬼脸，说松川女士是律师，我这不是跑错门了吗？但松川律师是个多面手，在当律师的同时还参与了文艺圈的活动，除了上电视，也经常在女性杂志上抛头露面。我确认过了她每次露脸时都很漂亮。

这么说虽然有些失礼，但松川律师本人算不上美女，哪怕放在十个人……甚至放在二十个人里看，她也都属于比较普通的、随处可见的中年女性。刚上电视那会便是如此。但随着上镜次数增加……总觉得她变洋气了，虽然不至于像女演员那么靓丽，可也具备了都市职业女性应有的形象……至少是美得足够让那些窝在客厅里看电视的普罗大众羡慕了。

我起初以为她整容了，其实她并没有那么做。她的妆容造型非常出众，那位造型师的手艺一定很棒。既然如此，我也想找那位造型师……于是，我在二〇一四年的年初时联系了她。

不过，公美子第一次见到那位造型师的时候，其实有些失望。对方只不过是中等身材，衣着朴素，浑身都没有可圈可点之处，简单来说就是不会给他人留下多少印象的类型。她一脸狐疑地坐在了椅子上，心想着把自己交给这样的造型师来打理没问题吗？

一小时后，公美子不由自主地尖叫起来："不会吧！这是我吗？"

发型和妆容的靓丽程度远超想象，镜中的公美子仿佛化身成了演员或歌星。她被自己散发出的光彩惊呆了好一会儿。尽管这位造型师本人没什么亮点，但到底是专业人士，可谓"染坊的老板穿白衣——为人奔忙，无暇自顾”。

打那时起，公美子便次次拜托这位合田小姐，今天已经是第五次了。由于要接受杂志采访，她急匆匆地把合田小姐请了过来，然而对方却说出了这句出人意料的话。

“我以前给阳奈子老师做过一次造型，大约是在一年前吧，就在她去世之前不久。”

哎呀，这么说来，阳奈子同学在去世前上过一个谈话类的电视节目。原来是这么回事，她在电视上那么光彩照人，其实是仰赖于她的造型师，但我却莫名嫉妒她……

想到此处，公美子的脸红了。

“就算是巧合，也巧得过头了吧？无论如何，你能负责三位兰圣学园的毕业生，到底是和兰圣多有缘啊。”

造型师合田小姐露出了一个扭曲的笑容，表情让人分不清她是哭，是笑，还是不知所措。她继续说道：“不是巧合，而是必然，因为阳奈子老师也是松川律师介绍给我的。”

“什么？”

公美子再次绷紧了肩膀。

“松川律师说有个学妹要上电视，希望我能帮帮忙。”

“松川律师对你说的？”

“不，是松川律师那边的工作人员给我打了电话……那人姓什么来着……”合田小姐稍稍停手，“姓……哦，对了，姓海藤……那位工作人员叫作海藤惠麻。”

“海藤……惠麻？”

公美子的脑中瞬间打出了一个标签——海藤惠麻。

“听说那位海藤小姐也是兰圣毕业的呢。”

“咦？”

“说是第八十九届学生。”

想不到，这不跟我同一届吗？她是哪个班的？海藤惠麻……海藤惠麻……欸？难道是惠麻同学？

合田小姐继续给公美子上妆，腮红刷仿佛在她的双颊上轻快地起舞。

“但松川律师好可怜。”

“咦？”

“我是说松川律师都已经那样了呀。”

“她出事了？”

“嗯……不知道为什么，我上次给她做造型，她中途突然就倒下了，被送到医院后好像是捡回了一条命，但听说至今仍处在昏迷中。就发生在上周……You know？”

+

（二〇一五年六月十六日　周二）

“哎呀，松川律师！”

公美子像是见到劫后余生的母亲一般，凑到了松川凛子身边。

背后传来看护师的轻咳声，但她并不理会，只管继续说道：“听说您昏迷不醒，我好担心您呀。”

凛子的眼神中透着错愕，仿佛不知道对方是谁。

“我叫土门公美子，第八十九届的。”

“土门……”

“就是找您咨询过发型和化妆的土门——”

“哦。”

听到这番说明，凛子的目光总算缓和了一些，但很快又冷漠地看向她问道：“有事吗？”

“我听您介绍给我的造型师说您在节目录制前化妆时昏倒了。”

“嗯，大概吧。”凛子有些含糊其词。

“松川律师还没有恢复哦。”看护师像是承担着监督任务一般，在公美子背后提醒道，“所以请别太勉强她。”

“好的，我知道的，我很快就会回去。”

公美子嘴上这么说着，等看护师离开后，她便一屁股坐在病床旁的圆凳上，像是在宣布自己要待上好一阵子似的。

“松川律师，请问到底出什么事了？”

但凛子并没有回答，表情看上去既严峻又恍惚。

“造型师说您是服药过多。”

见凛子稍微给了点反应，公美子便接着说道：“我也有头痛病，所以懂得您的感受。疼起来真是忍不住啊，不知不觉就会服用更多的剂量。”

然而凛子还是心不在焉，把视线投向别处。

“对了，我听说惠麻同学在您那里工作。”

观察凛子的表情，便可知她对惠麻这个名字有明显的反应。

“我记得很清楚啊，海藤惠麻同学是从外面考进我们兰圣高中部的，而且在高一的暑假前就转学了，我们之间几乎没什么接触，但我们班在学业发表会上表演的戏剧是她写的，所以我对她有印象。”

没错，我可忘不掉她，那时的剧本其实该由我来写的，但惠麻同学横插一脚，把这个重任夺走了。我真的很懊恼，甚至有一周左右没去上学。

“《六月三十一日的同学会》？”

凛子总算是清清楚楚地说了一句话。

“嗯，就是它，您居然知道？”

“当然知道。”凛子坐起身来说，“你呢？你在那部戏剧里担任什么角色？”

“啊？我是负责幕后的——”

“幕后？那你没有登台表演吧？”

接着，凛子仿佛完全变了个人，说话的语气像是问询，似乎这里就是法庭，而她正在做激烈的辩护。面对着这样的凛子，终于轮到公美子发呆，束手无策了。

随后，凛子如同向法官提交证据一般，将放在自己枕边的笔记本打开，叫公美子自己看。

笔记本里接连记录着公美子认识的名字。

“柏木阳奈子”“大崎多香美”“猪口宁宁”“福井结衣子”……

“欸？！也就是说她们都死了，就像《六月三十一日的同学会》的剧本里写的一样？”公美子大声叫道，声音里带着兴奋感，“这的确很奇怪，老同学的讣告一个接一个，而且她们都和我同班——多香美同学、阳奈子同学、结衣子同学……哦，还有宁宁同学。不过我听说宁宁同学是自杀，而结衣子同学是心力衰竭……”

“但大崎多香美小姐至今还被作为‘非正常死亡’处理，实在无法断定她是死于意外事故、自杀还是他杀。”

公美子就像要压倒凛子的话语一般说：“他杀？您的意思是多香美同学是被别人杀死的？”

“目前还无法断定。”

“他杀……六月三十一日的同学会……”公美子刚想到这一步，一个名字便脱口而出，“惠麻同学？难道是惠麻同学干的？剧本的作者就是凶手吗？”

“我都说了目前还无法断定。”

“惠麻同学现在在做什么？”

“不知道……她不见了。”

“这是怎么回事？”

“她不见了！别老是让我重复！”说完，凛子胡乱地撩起了刘海。现在的她就是个普通的中年女性，发际线一带有很多白色的发根。她果然是托了那位造型师的福才变时髦的。

“抱歉……我失态了。”凛子一边整理着病号服的前襟一边说道，“你收到邀请函了吗？‘六月三十一日的同学会’。”

“啊？”公美子犹豫了一刹那，但此刻用拙劣的谎言是蒙混不过去的，所以还是得实话实说，“嗯，收到了。不过只是恶作剧而已，毕竟我经常会收到嘛。”

“是吗？”

“是啊，从学生时代算起，我都收到过十几封了。”

“居然这么多。”

“虽然自己说出口是挺无奈的，但我其实很讨人厌，大家都不喜欢我。”公美子自嘲似的笑了，“我总是被人看不顺眼，因此很容易成为恶作剧的目标。”

“恶作剧？”

“是啊，那个邀请函就是个恶作剧吧，估计是班里哪个同学搞出来的。或者就是学姐们讨厌我。这类恶作剧统称叫‘不幸的信’吧？它有个固定规则，要求收到信的人再准备三份同样内容的信，分头寄给另外三人，就跟‘连锁信件’差不多。还宣称要是传递断在谁手里了，那个人便会遭到处罚……虽说大家觉得照做很傻，但最后还是怕挨罚，便把信寄给别人。反正大家多少有过类似于受罚的经历哦？”

“等一下，那个邀请函不是只寄给指定人员的？而是像‘连锁信件’那样多人随机接力传递？”凛子的双眼闪闪发亮。

“说是多人随机接力，不过还是局限在兰圣学园相关人士之内的啦。”

“但有很多人都来我这里咨询时说收到了那个同学会的邀请函，担心自己说不定要受处罚。如果是‘连锁信件’那种类型，只是担心断在自己手上，会不安到这种程度吗？”

“我想这大概是借口。”发现凛子产生了动摇，公美子似乎有些快乐。

“借口？”

“虽然只是我的猜测……不过她们可能知道自己做了会被处罚的事情，又不好意思如实告诉您，便以那个邀请函为借口。其实我收到邀请函的时候也想过要找您谈谈，因为它和以前寄来的那些都不一样……而且我还是第一次见到把地点定在新天堂酒店的。仔细想想，可能还是恶作剧吧。尽管我不想怀疑同学，但不就是我们班上的人搞了个恶作剧吗？那个人大概会一边想象着大家惊慌失措的样子，一边偷笑。”

“假如是你说的那样，那么这个恶作剧的性质也太恶劣了，不能轻饶。毕竟小林友纪在看到阳奈子小姐手里的邀请函之后，甚至做出了犯罪行为。”

“小林……哦，是杀害阳奈子同学的凶手吧？不过啊，人会因为那种邀请函就做出如此残忍的事吗？她果然不正常。事实上，我旁听了一审时的开庭陈述……她明显不对劲，我觉得她必须接受精神鉴定。那样一来就能确定，从初中开始进入兰圣的外人果然——”

“不管怎么说，要是没有那封邀请函，阳奈子小姐也不会遇到那种事了。而且我也……”凛子说着粗暴地翻起了笔记本，继续说，“顺便提一句，铃木咲穗小姐、福井结衣子小姐、矢板雪乃小姐都收到了那封邀请函，并且找我咨询过……其中死去的只有福井结衣子小姐一人，而另外两位目前仍然平安无事。”

“雪乃同学？她也找过你吗？”

但公美子的问题只提了一半，凛子便继续翻着笔记簿，喘着粗气说道：“对了，铃木咲穗小姐找我谈过之后，不幸便接二连三地发生。她是第一个找我商量事情的。次日，大崎多香美小姐去世了，柏木阳奈子小姐则是第三天出事的，接下来还有……”

说到这里，凛子又“啪”的一声合上了笔记本，语带挑衅地向公美子问道：“那部《六月三十一日的同学会》到底是怎么决定分工的？”

“您问怎么决定的……我那阵子请了一周的假，我的工作是在我没去学校的时候被定下的。等我回到班级里时，分工都已经结束了，我属于幕后团队。我可不情愿啊，毕竟要负责大型道具——”

回想起当年种种，公美子至今仍怒不可遏。但凛子对她的伤感似乎没有兴趣，接着话茬往下说：“你还保存着那时候的剧本吗？”

怎么可能留着呢？刚演完我就把那种不吉利的剧本处理掉了——当然，公美子不会这么说。

“我不知道还在不在……可能要回我老家找了……不过也可能被我父母处理掉了。”

“我还听说角色是按字母表顺序起名的，从A子一直起到了Q

子。A子是多香美小姐演的，B子是阳奈子小姐，C子是宁宁小姐，D子是结衣子小姐……”

“这个……我倒是记不清了。”

多香美同学、阳奈子同学、宁宁同学、结衣子同学……咦？这不是……

公美子再次叫出声来：“这不是她们的死亡顺序吗？！”

“没错。”凛子的表情有些扭曲，她缓缓点头表示赞同，“她们的死亡顺序和惠麻小姐在剧本里写的一样。”

“您果然也认为……她们的死和惠麻同学有关？”

“这只是我的推测……惠麻小姐也许对她们抱有旧怨。”

“旧怨？”

“惠麻小姐在兰圣念书期间被人欺负过吗？”

“欺负？不，没有吧。”

“但惠麻小姐不是从高中才进入兰圣的吗？大家在无形中排挤过她吗？”

“就算您这么说……哪怕惠麻同学认为自己受到了排挤，我们也完全没有那种意思啊，反而很积极地去找她说话。”

“这对惠麻小姐来说可能很痛苦吧？”

“那也是她被害妄想。我可以断言，我们绝对没有欺负过她，倒是她一直无视我们。”

“怎么说？”

“班上还有一个从高中才进来的同学，惠麻同学平时只和那个女生黏在一起，她俩有自己的小圈子，根本没给我们融入的机会。她们两人总是共同行动，在学校也是，休息时也是……黄金周那会儿，她们甚至还惹出了麻烦。”

“什么麻烦？”

“她们在池袋的那条‘搭讪一条街’被警察抓到，还接受了批评教育，当初闹得可大了。还搞出了个麻烦事——”

“什么事？”

“有传言说……她怀孕了。”

“惠麻小姐吗？”

“嗯，这大概就是惠麻同学在暑假前转学的理由。”

“这是真的吗？”

“嗯？”

“惠麻小姐真的怀孕了吗？”

“毕竟她在黄金周结束后就食欲暴涨，上课时也一直在吃东西，这太不寻常了。而且成绩下降之快也让人难以置信……”

“光凭这些就说人家怀孕了，这只是臆测吧？有确凿的证据吗？”

“不，我也只是听说，其实不太清楚详情……”

“这不就是谣言吗？她被人传播怀孕的谣言，在学校已经待不下去了，所以才转了学吧？”此刻的凛子已经变成了对峙检方的律师。面对这样的她，公美子拖着椅子一起往后退缩。凛子则仿佛追击一般继续说道，“难道这就是惠麻小姐的‘旧怨’？”

“您的意思是惠麻同学对我们全班都抱着‘旧怨’吗？”

“有可能。”

“那么，她之所以会写《六月三十一日的同学会》，其实是为了报复我们？”

“或许吧……她在念中学时也有过类似的遭遇，便写下了关于惩罚同班同学和老师的剧本。而实际上，根据那个剧本里提到的方法，最终出现了两名牺牲者……你知道这事吗？”

“嗯，我听说过……所以我们对她很上心，尽可能不去特别对待她，努力做到自然和解……正是因此，我们才会用她的剧本。尽管班主任表示为难，但我们还是希望能靠那个剧本，让她稍微开朗一些……啊，请等一下！”

公美子轻轻地吸了一口气，就像是要抑制住上升的血压似的。接着，她慢慢闭上眼睛，脑中浮现出了“班长”，也就是多香美的身影。印象里的多香美穿着兰圣学园高中部的夏季校服，白色的女士衬衫有些晃眼。她的发梢摇曳，小声说道：“你知道吗？惠麻同学好像怀孕了。”

“欸！不会吧！真不敢相信！”

“我也不想相信啊，但你不觉得她最近好像胖了吗？”

“是吗？她的对象是谁？”

“这个嘛，听说是她之前在池袋被抓到时来找她搭讪的中年男人。”

“什么情况？那不就是个过路人吗？”

“嗯，是呢。”

“惠麻同学这么缺钱吗？”

“应该吧。不管怎么说，她家不是只有她和她妈妈两个人吗……而且她妈妈还是个艳星……真让人同情呀。”

“如果她真的怀孕了，那么学业发表会上的戏剧怎么办？”

“是呀，那部剧可怎么办啊？”

然后，公美子脑中出现了大写着的剧本标题——《六月三十一日的同学会》。

“不对。”公美子睁开眼结束回忆，“怀孕的谣言出现在那个剧本之后。”

没错，当时我在家闷了一周。后来，我不情不愿地回学校的那天早上，便从多香美同学嘴里听来了这个谣言。

“所以我认为并非因为‘旧怨’才写的剧本。”

“你确定吗？”凛子用律师特有的表情问道。

“我确定。惠麻同学的‘旧怨’和那个剧本应该没关系。”

“原来如此……”

凛子把整个后背重重靠在枕头上。

“那么，为什么大家会照着惠麻小姐的剧本那样死去？”凛子说完斜着眼睛看向笔记本里的文字。

“为什么是在铃木咲穗找我咨询的第二天就出现死者了呢？”

公美子心想可能就是偶然，话出口前，她还是咬紧了嘴唇。

与此同时，凛子的疑心却似乎更重了，她紧皱着眉头说：“我左思右想，关键人物还是惠麻小姐吧？她和这一系列的事件都有关吧？”

“是吗？”

“不然的话，她也不会消失的。”

“哎，您说得在理。”

“太危险了……若是由着她这么下去，我们都会被杀掉的。我现在躺在病床上，说不定也是她害的……不，就是她干的好事。她对我的药动了手脚……放着不管的话，我还会遭遇新的危险。所以必须抢在她前面……对了，如果你有关于惠麻小姐的情报，请务必联系我。”

“嗯，我会的。”公美子算是被凛子逼着做出了如此回答。随后，她也终于顺势说道，“……话说，惠麻同学也许会来参加多香美同学逝世一周年的法事。”

“欸？”

“还有阳奈子同学的一周年忌日。这两场法事都在下周。”

3

（二〇一五年六月二十三日　周二）

“果然？你果然也收到‘六月三十一日的同学会’的邀请函了？地点是新天堂酒店吗？”

“是的，新天堂酒店。以前可从没在那里办过同学会，所以我还挺意外的，感觉有点吓人，干脆就寄给别人了。”

“你寄出去了？”

“嗯，是呀，虽然我觉得自己都这个岁数了，不该再……但你想啊，我还有孩子呢，要是孩子出事……所以不知不觉就把同样的邀请函寄给了三个人……怎么了？”

“不，没事……那么，明天法事上见吧。”

本田多香美的一周年忌日法事就快到了，公美子返回了位于琉璃市的老家。一进家门，她就抽出同学会的花名册，逐一给同学们打电话。

在二十七位同学中，她只联络上了其中十一位，而且全都是留在家乡生活的人，或者老家还没有迁走的人。总之，那十一位同学全都和琉璃市存在关联。

“怎么会这样？”

公美子冷冷地叹了口气。大家在一起相处三年，约定要做永远的朋友，毕业后却不再相干。

“没错，就是这么回事。”

但不管怎么说，公美子还是有所收获的。她联络上的十一个人全都收到了“六月三十一日的同学会”的邀请函。尽管送达的日期各不相同，不过皆在一年以内，地点也一致，都是新天堂酒店。有些人把它传递下去了，有些人则打住了。有趣的是将接力继续下去的同学无一例外都有孩子。有了孩子这个弱点之后真的会变得脆弱，会想着如果不把邀请函寄给别人，那么自己的孩子因此受到“处罚”可怎么办……

无论如何，那封邀请函的目标果然是不固定的多数人群，我可以断言松川律师提出的情况并不存在。所以说，即使收到邀请函，也不会被“处罚”，更不用说“被杀”。

由此可见，这正是快乐型犯罪者所炮制的恶作剧。由于收到了不同于平时的邀请函，昔日的同班同学们都惊慌失措，而始作俑者却将此当作某种娱乐来给自己找乐子。真是坏到骨子里的家伙才琢磨得出的把戏。

只有那女人能想到这种损招。她八成是先给几个目标人物寄去邀请函，接着它便层层扩散，收信人数急速增长，最终寄到了我手里。

就是这么回事，所以多香美同学、阳奈子同学、宁宁同学、结衣子同学的死彼此间毫无关系，只是互为偶然罢了。

不对，如果是那女人搞的鬼，那么她很可能预料到会有牺牲者出现。

这么看来，她才是真真正正的恶人。

公美子的腋下渗出冷汗。

想到自己或许也将成为牺牲者，她的汗水便涔涔而下。

她冲向冰箱，拿出一罐冰啤酒，随后打开了它。

先别管那女人的事了，我得去为明天做准备……

公美子找起了参加法事的衣服。

“啊……”

她听到客厅里传来母亲的声音，而电话座机铃声也同时响了起来。

公美子的家是日式的房间，电话子机就放在室内的架子上。她正准备去接听，母亲却已先她一步拿起了主机的听筒。

这可真少见，我妈从不跟人争先，就算接个电话也至少要等它响够五次才会去接起来。她还有一句口头禅："我们家是分家，不管什么时候，等待是首要的，不能引人注目，不能显示出企图心，得把自己放在第二、第三名的位置，安静地待在后头，因为我们是'分支'，所以无论在哪，都要等待。"因此她在家接电话时也依然选择等待吗？可是这么做反而很失礼吧？

公美子心中抱着些许疑惑，不知不觉间便成了家中最早去接电话的角色。然而这次不同，就在电话铃刚响到第二声，而公美子也即将去履行接电话的"职责"时，她母亲就拿起了听筒。

她很在意母亲为什么这么焦急，便从日式拉门的缝隙间窥视客厅。

电视机还开着，正在播放新闻节目。那是傍晚六点播出的公共新闻。

新闻里说某家动物园的猴子生了三胞胎。

公美子把视线转向餐具架，只见母亲正微弯着腰，握着听筒说话。这是她的习惯。即便接到推销电话，母亲也总是这么谦恭。

"嗯，我也在看新闻。"

听口气，公美子觉得对方应该是和她母亲同等地位的人。

莫非是曾经的同学？妈妈也是从兰圣学园毕业的，听说是第六十二届的学生。

“……法子同学你怎么想的？”

法子同学？果然是妈妈的老同学坂谷法子。

坂谷法子曾在兰圣学园担任外聘讲师，教过公美子花道课程，据说她现在不再教学，转而成为兰圣学园同学会秘书处的干事之一。公美子的母亲也在为该秘书处的事务性工作提供助力。

“是呀，不能放着不管，咱们要尽快开会——”

“开会？”

公美子不小心问出了口，母亲则有些狼狈地回头看向她，说了一句“过些时候打给你”便挂断了电话。

母亲面露苦笑，寻思着该怎么解释，随后炫耀般地一把拿过电视遥控器。

“新闻里正在播这事，不过别的节目大概不会提到——”

她边说边将遥控器对准电视机，一个个频道浏览过去，直到电视画面上出现了一位女播音员，她才把遥控器放回老地方。

“——去年六月，神奈川县镰仓市一栋民宅内，一名时年二十八岁的主妇因接触到氢氟酸而身亡。现年三十九岁的男性——大崎芳重因涉嫌杀害该主妇而被县警署逮捕。据警方称，去年六月案发时，大崎多香美（当时二十八岁）正在自宅睡觉，大崎芳重具有重大作案嫌疑，疑似通过往其手上涂抹氢氟酸而将其杀害。

“嫌疑人大崎芳重是大崎多香美的丈夫，面对调查结果，他承认了指控，称自己平日里就被妻子多香美轻视，心中积怨，作案当日也因金钱问题受到妻子追问，于是十分恼火，便在深夜时分携氢氟酸进入房间，将氢氟酸涂在妻子手上。县警署正在搜查其获取氢氟酸的渠道。”

“明天就是多香美的一周年祭日，警方在那之前逮捕了凶手，这下多香美应该能安息了吧。”

公美子的母亲再次握紧了遥控器，“哔”一声摁下了按钮，女播音员瞬间便消失了，电视画面也转为她喜欢的娱乐节目。

“这案子总算告一段落了——”

母亲一下子放松了下来，整个人靠在了沙发上。

“现在我终于能说出口了。公美子啊，其实你也被怀疑过。”

“啊？”

“我也被怀疑过？”

“嗯，警察来过我们家。他们果真是两人一组行动的呢，就跟电视剧里一模一样，我都有点想笑了。”

女儿被警方怀疑，居然还能觉得好笑……还挺符合她的作风。妈妈她永远都是一副凡事都不关己事的样子。

“为什么怀疑我？”

“这我就不清楚了，好像是按多香美的交友关系来逐一问话的。”

什么呀，不就是单纯来询问一下吗？

公美子仿佛被人抽干了空气，软软地瘫进了沙发里。

“说到这个，我在案发前几天还给多香美同学打过电话哦。”公美子说道。

“是啊，警察也注意到这一点了，说多香美家的通话记录里有你的电话号码……你们聊了什么？”

“不记得了，八成就和平时一样闲扯几句呗。”

“我想也是，所以就这么对警察说了。他们也没有再多问，但……事到如今应该可以告诉你了吧，嗯，没问题了。反正案子已经破了。”母亲煞有介事地自言自语道，“警方真正怀疑的对象其实是咲穗。”

“欸？咲穗？……铃木咲穗同学？”

“嗯，就是和你同班的咲穗。因为案发当天她好像去过多香美家，警方怀疑她是不是趁机把氢氟酸涂在了某处。毕竟她丈夫是牙医嘛，能搞到氢氟酸。”

确实，咲穗同学很容易就能弄到氢氟酸。

“算了，现在案子已经破了，真是值得庆贺呀。”公美子的母亲像打拍子般“啪啪”地拍着手，然后一下子从沙发上站起来，用明快的声音问道，“对了，今晚想吃什么？我给你做你喜欢吃的。”

然而，公美子却什么都听不进去了。

“对哦，咲穗同学还真弄得到氢氟酸……”

4

（二〇一五年六月二十四日　周四）

大崎多香美的法事结束后，兰圣八十九届生围成一圈。

“杀害多香美同学的凶手被逮捕了，就在她一周年祭日的前一天，感觉像是她在冥冥中指引一样。”

公美子揪住了铃木咲穗，微微压低声音，语气中带着几分表演色彩，试探着说道。

然而，对方却一如平日，摆出一副通晓一切的表情，回答说：“这事可能还没完呢。”

说完，便把念珠收好，转而拿出手机。

“怎么说？”“公主”矢板雪乃不知道什么时候凑了过来，问道。

“惠麻同学好像死了，新闻里正在说呢。”

铃木咲穗把手机屏幕展示给公美子和矢板雪乃。

“——死者是住在中野区的海藤惠麻小姐，享年二十九岁。二十三日傍晚七点左右，她从镰仓站的站台坠入轨道身亡。据说她当时准备回老家参加朋友的法事。警方正从自杀与他杀两方面展开调查。”

“怎么可能！”

“我不信！”

公美子和矢板雪乃的表情瞬间就僵住了，尤其是矢板雪乃，整个人都颤抖得如同发病一般。

就在大家因大崎多香美案告破而松口气的时候，又出现了新的死者。

“我们果然都会被杀的。”矢板雪乃捂住胸口，呻吟道，“就像那个剧本里写的一样！”

十

之后，铃木咲穗、矢板雪乃和公美子三人一起走到车站前的咖啡厅。

她们各自点完单后，矢板雪乃便脸色惨白地坦言：“这个世界上确实存在所谓‘言灵’。”

“松川凛子律师上个月来找过我……大家都知道松川律师吧？她是兰圣成立以来最出名的人物，我们也经常听到‘遇上麻烦就找松川律师谈谈’的说法，所以就我个人而言，是相当崇拜她的，每周都会收看《平息愤怒的人生咨询处》，一本不落地翻阅她上过的杂志，甚至还用她的照片做电脑桌面。”

“雪乃同学，你一直都是这样呢。”铃木咲穗愣住了，“居然到现在还没改过来。”

“……”

矢板雪乃赌气般地闭上了嘴，公美子则急忙用胳膊肘捅了几下坐在一侧的铃木咲穗。

“雪乃同学别介意，咲穗同学也还是老样子，还是那个说话不看场合的‘评论家’。”

矢板雪乃突然微微张嘴，随后嘴角上扬，笑了笑。她接着说道：“当时松川律师问了我很多问题，我就顺口告诉了她——‘她们一个个都像惠麻同学写的剧本那样死了’。”

“难怪！”公美子叫出声来，“我听松川律师这么说时还在纳闷……不过你为什么要乱讲这种话啊？”

“因为我想帮上松川律师的忙啊……为了赎罪。”

“赎罪？”

“我收到那个邀请函的时候，不知道该再寄给谁，结果一不留神就寄给松川律师了。”

“你寄给松川律师了？”

“毕竟我当时不知道怎么办才好，就顺手……”

“一般人会给自己崇拜的对象寄这种东西吗？”

“所以我才会去赎罪嘛，想着无论如何都要帮上松川律师。”

“可是你都撒了谎，这下子别说帮忙了，只会添乱啊。”

“但松川律师好像也很在意惠麻同学写的剧本，如果我能作证说大家的死和那个剧本存在某种因果关联，她应该会很高兴的……我就顺口说了。”

“这就是所谓的迎合现象呢。”“评论家”铃木咲穗发言了，“希望自己给对方留下好印象，便给出了对方想听的证词，甚至不惜捏造。在对方是权威人士——比如对方是警察、律师的情况下，这种倾向则会更加强烈。尤其是在遭到警察的诱导式询问时，人们很容易做出带有迎合性质的行为，而由此产生的假目击证词将会导致冤假错案，真是差劲透了。”

“我做了这么差劲的事吗？”矢板雪乃反驳道。

“是的，你做了。如此一来，至少‘惠麻同学写的剧本’便会像都市奇闻一样蔓延开来。”

“但实际上那些案子也确实很像那个剧本呀？”

“是这样的，但你说的是‘她们一个个都像惠麻同学写的剧本那样死了’，然而她们的死和那个剧本真的一样吗？”

“这肯定是‘言灵’吧，因为我说了那种话，所以——”

“你啊，从以前开始就是这样，会说些带有灵异色彩的话，来吸引大家的注意力。什么‘言灵’啊？至少你没有那种特殊的能力就是了。”

“你什么意思！”

“不过死亡顺序和剧本里的不一样吧？”眼见矢板雪乃和铃木咲穗之间逐渐剑拔弩张，公美子赶紧插话打断她们。

“嗯，是啊，反正我也是随口胡扯的。”矢板雪乃半赌气地啜起了红茶。

“而且是松川律师单方面对惠麻同学的剧本感兴趣吧？那么，就像咲穗同学说的，雪乃同学只是迎合了松川律师，我觉得雪乃同学并没有做什么坏事。”

“真的吗？我没有做坏事吗？”矢板雪乃的视线一下子就贴了过来。公美子一边含蓄地回避她的目光，一边说道：“我认为那几位同学的死不关那个剧本的事。因为在剧本里，凶手是个穿着一身黑衣服施行连续杀人的老婆婆，而现实里杀害多香美同学的犯人已经被捕了，就是她的丈夫，因此其他人的死与她无关。还有惠麻同学，她在正式表演之前就转学了，根本没上舞台，现在不还是死了吗？那个剧本和死因绝对没有关系……没错，这一切都是偶然。”

“一年里死了五个同班同学也是偶然吗？”

矢板雪乃屈指数道：“多香美同学，阳奈子同学，宁宁同学，结衣子同学，再加上惠麻同学，看看这一连串的疑案。”

“杀死多香美同学的凶手已经被捉拿归案。对阳奈子同学下手的是一个叫小林的人，目前正在服刑。宁宁同学死于自杀，结衣子同学则是心力衰竭致死。”公美子也掰起了手指头说着，“眼下死因不明的只剩下惠麻同学了。”

“可能真是因为‘言灵’。”铃木咲穗的声调仿佛是在呻吟一般。

“你搞什么啦，刚刚不是否定了这种说法吗？”矢板雪乃讽刺了一句。但铃木咲穗轻巧地避开她的质疑，继续说道：“所以说，‘言灵’其实是一种暗示。”

“暗示？”

“什么暗示？”

公美子和矢板雪乃同时问道。

铃木咲穗露出了无所不知、无所不晓的表情，如真正的评论家一般，语带得意地说：“所谓暗示呢，就是受邀参加‘六月三十一日的同学会’这件事，心里有鬼的人，觉得自己会受到处罚的人，便自然会给自己下暗示，想着自己会被杀害。而多香美同学的死又进一步强化了这种暗示。我认为，她死于氢氟酸的新闻报道把这种暗示推向了最高峰，效果强烈到让其他人自行走上绝路。”

“自行走上绝路？”公美子探出了身。

“是的。人有时候会不由自主地朝着违背自己意愿的方向前进吧？嗯……我举个例子……我们在打高尔夫时，想着‘不好，那里有沙坑，别往那边打’，结果球就偏偏往那处去了。这种情况很常见。其实是因为我们的肌肉下意识往自觉不妙的方向使力了。而眼前这一连串死亡事件不正是这么回事吗？”

“原来如此，结衣子同学和宁宁同学的事，也能通过这种现象来解释。”矢板雪乃点头表示赞同，就像是回应着评论家发言的司仪。

“结衣子同学和不正当经营扯上了关系吧？在我看来，她已经隐约察觉到自己的行为让很多人遭受了磨难，罪恶感把她搞得神经衰弱。而这时她又恰好收到了那封邀请函，致命的开关便因此被打开了。”

“这么说来，我倒是听说过。”公美子终于插上了嘴，“压力很容易引发急性心力衰竭，结衣子同学的父亲应该也是受压力所迫而出现心力衰竭的。我妈说过，结衣子同学的父亲和他的太太，也就是结衣子同学的母亲相处不好，所以一直压力挺大的。”

“我也听说过。”矢板雪乃压低了声音说道，“结衣子同学的母亲平时好像总是训斥自己的丈夫，说他只会吃白饭，是个垃圾。于是结衣子同学的父亲患上了抑郁症，最终去世了……结衣子同学想必也经常被母亲说吧。平日里累积的压力加上不正当经营带来的强烈罪恶感，还有那封决定性的邀请函，终于引发了她的心脏问题。”

“原来如此……”公美子深深颔首，说道，“结衣子同学确实做了坏事，但从某种意义上来说或许也属于被害者。换个角度思考，她就仿佛是被她母亲杀死的……”

说到这里，公美子突然住了口，然后换了话题：“那么，宁宁同学呢？宁宁同学的死又怎么说？”

铃木咲穗对公美子的疑问做了回答：“宁宁同学的责任心太强，强到超出必要吧？尽管她没有做错什么，可是每次发生问题，她都会认为是自己的责任。”

“是的是的。”

“没错没错。”

公美子和矢板雪乃同时点头道。

“当时班里迟迟未定下要在学业发表会上展示的项目时，宁宁同学还哭了，觉得都是她自己做得不好。”

“是的是的。”

“没错没错。”

“总之，她的责任心之强已经属于病态了，所以这次大概也是出于同样的道理。她因为还不上借款而感到莫大的罪责，同时恰好收到了那封邀请函，她的‘开关’因此被打开了。”

“但这本来是结衣子同学犯下的错啊，所以说她自杀的原因中，甚至还包括把结衣子同学的罪责也一起扛下吗？”

“暗示指的就是这个吧？”公美子说道。

“是的，这就是暗示。”铃木咲穗抱着胳膊，摆起架子。

“这也可以说是……石蕊试纸吧？”矢板雪乃亦抱住了胳膊，说道，“没错，那封邀请函正是一种试纸，能让恶人显形。”

“换言之，收到邀请函却还像没事人一样的我们都是善人咯。”公美子的话里带着几分自嘲，“其实我们只是单纯的厚脸皮吧，或者说是迟钝。毕竟人都有阴暗面嘛，没错吧？”

“照你这么说的话……阳奈子同学呢？”矢板雪乃把公美子的疑问抛了回去，“阳奈子同学又是为什么被杀害的？”

“阳奈子同学的案子啊……受到暗示的应该不是她本人，而是她身边的人。在暗示之下，对方觉得必须要处罚收到邀请函的阳奈子同学，觉得自己必须行动。”公美子根据前几天从松川凛子那里听来的情报，开始展现自己的推理，“杀害阳奈子同学的凶手是担任漫画助手的小林友纪，她同时也是兰圣学园的毕业生，因此很容易被暗示。或者说，她平日里就很容易接受暗示。”

“难道那个姓小林的助手是从外部考进兰圣的？”

“是的，我听过她那桩案子的开庭陈述，说她从小学起就特别爱钻牛角尖，做出过很多古怪的行为。结果这些过往影响了她，尽管她杀害了阳奈子同学，最终还是被判得很轻。”

“原来如此。这么一来，元凶果然还是那封邀请函啊。”铃木咲穗不改评论家的傲慢本色，问道，“而背后真正的始作俑者，也就是寄出那封邀请函的人——到底是谁？”

“这个嘛——”

公美子犹豫着要不要把始作俑者的名字说出来，毕竟这只是她的猜测，但不管怎么琢磨，她觉得能设计出这种坏主意的也只有那女人了。

没错，就是大崎多香美。婚前叫作本田多香美。

因为她们是亲戚，自己是家族的第二分家——土门家，而家族的第一分家——本田家经常愚弄自己的家族，甚至到了精神崩溃的程度。所以公美子非常清楚只有多香美才会有如此恶劣的行径。

然而，就在开口的前一刻，她又生生把话吞了回去。即使到了这种时候，分家出身的人依然谨守分寸，就连她自己都觉得凄惨。

“嗯，凶手果然对我们全班都怀恨在心呢。”矢板雪乃好像马上要讲怪谈的样子。

“什么意思？”

“对方是为了让我们全体陷入错乱吧？为了掀起不安和恐惧——咲穗同学，你其实也害怕吧？你也有阴暗面吧？我看见了，你在某次同学会上绊了多香美同学一跤。”矢板雪乃突然换上了一副威胁者的面孔。她不愧是“公主”，一旦决定出击，便会不顾场合地直言不讳，“不过那时我也不擅长应付多香美同学，所以多少有点觉得她活该，才会对你的罪行视而不见……咲穗同学，你也一直都是这副德行呢，表面上是因为正义感才说难听话的，实际上跟正义感根本不沾边，就是恶意外泄嘛。你并不是不会看场合，而是故意不看，非要话里带刺，伤害别人。我说错了吗？”

“等等，你说什么呢？你才是吧，你个超级‘恶作剧精灵’！”

“恶作剧精灵？”

“就是惹事精的意思……可能你自己没有察觉到，但你就是会在这种时候埋下纠纷的种子，说些多余的话，做些多余的事。”

眼见咲穗和雪乃之间的气氛再次变得不妙，公美子赶紧出声，强行把话题拉回来：“那么你们认为邀请函到底是谁寄出来的？雪乃同学你怎么看？”

公美子插了话，同时心里盼着她们说出大崎多香美的名字。

“话说，我们是不是忘了一个人？一个很重要却没什么存在感的人。”

雪乃煞有介事地说道。

“谁？要说没有存在感，阳奈子同学倒是挺符合的……”

“不是不是，是不同意义上的不起眼。”

“不起眼……那就是惠麻同学呗，毕竟她是从外部考进来的嘛。”

“啊，有了！”铃木咲穗嘟哝了一声，“就是那个跟惠麻同学黏在一起的……”

“对啊！”

“‘核电鳗’！”

矢板雪乃和铃木咲穗异口同声地说道。

公美子急忙在自己的记忆中搜寻了起来。

哦！这个绰号……确有其人！我记得……她应该是叫合田满。

因为这个名字，她被安上了“核电鳗”的绰号。当然，大家不会当面如此称呼她，只在聊天过程中提到她时用上这个绰号。不过由于“核电鳗”的冲击力太强，记得她真名的人反而很少。虽然大家一起度过了三年时光，但如今都把这个名字给忘了个干净。

不对，大家哪有一起度过三年时光。合田同学总是孤零零的，像个幽灵一样被人无视。

此刻，公美子脑中猛地浮现出了造型师合田小姐的脸庞。

“……但听说她至今仍处在昏迷中。这事就发生在上周……You know？”

You know……天啊！这不是我的绰号吗？！

公美子整个人都颤抖了起来。

第九话　阿满的自白

嗯，是的，是我把氢氰酸交给了大崎芳重先生。

不过我得先交代一下自己的情况。

我叫合田满，职业是造型师。

我和海藤惠麻在兰圣学园高中部相处的时间虽然短暂，但关系特别亲密。因为我俩都是从外部考进兰圣的，所以自然就变得要好了。

她是我人生中第一个挚友。我非常重视她。只要是为了她，我觉得自己什么都能做到。

惠麻为人有些古怪，反倒让她散发出一股神秘感，令我着迷。

没错，这可以说是少女时期特有的感情。与恋情、友情都不同，是一种既神秘又神圣的感情。

惠麻也对我怀着同样的情感，所以我们在黄金周离家出走了，结伴去自杀。

对当时的我们而言，自杀是一项很特别的仪式。

我已经不记得当时是谁先提出的了，应该是我们想到一起了吧。那个年纪的人常对死亡抱有憧憬，而且我俩在这方面的意向还特别强烈。

于是我们胡乱地乘着电车，一路去到了池袋。尽管我们真正的目的地是玉川上水。因为我们打算学太宰治那样投水自尽。

但不知在哪站换错了车，我们到了一个离武藏野很远的地方。说得通俗点，那里是一条肮脏的繁华街道。

唉，哪怕现在回想，我也觉得那里真的很脏。一群散发着口臭和体臭的丑男居然把我和惠麻误认成了那种人。而且我们还被警察抓去批评教育了。真是十分屈辱。少女自杀的唯美故事竟以如此惨淡的结局收场。

我之所以忍得下来，是因为我有“友谊天长地久的证明”。是惠麻在黄金周前送给我的。她把那个“证明”塞到我手里，对我说：“只要有它在，我们的友谊就是永恒的，没有任何人能够玷辱我们。”

那是一个小小的容器，里面装着某种液体。我立刻就反应过来了。那是毒药。只要喝下去就能自杀……

那时候，我并没有用上它，但后来我知道那到底是什么东西了。

那一年的六月，惠麻的母亲给我打了电话，自称看到了惠麻的日记本，上面写着杀人计划，她为此深受震撼。当我听到对方说惠麻打算用氢氟酸杀害初中同学时，我才恍然大悟，容器里装着的是氢氟酸。原来惠麻并不是想自杀，而是想杀了我。

其实，我听说过一些有关于她的传闻。

在她上中学时，曾教唆一名男生用氢氟酸害得一名女学生和一名男教师受了重伤。这桩案子表面上是某个男生独自犯下的，惠麻却在背地里参与其中。这个传闻甚至都传到了我的初中。然而，我在兰圣学园认识的惠麻完全不像我想象中那么凶神恶煞，反而有着可爱的酒窝、淡淡的阴郁气质和说不清的魅力。我一眼就迷上了她。

我想和她成为朋友，想和她结下永恒的友谊。

但是她在某一天突然疏远了我。源头就是她写了《六月三十一日的同学会》，一下子引起了全班的注意。

那就像是在背阴处静静开放的玫瑰被装饰在了客厅的桌上一样。越发美丽、越发盛放的玫瑰不会再次看向自己曾经生长的地方。

我终于发现她只是希望自己的作品得到认可。其实她的自我认可欲和创作欲都比别人强上一倍。虽然她在初中时期闹出过不得了的事，但本质上还是一个普通的女孩子。证据就是她在自己创作剧本大受好评，而她也由此成为众人瞩目的焦点后，便失去了之前那种神秘的阴郁气质，沦为了一个随处可见的女高中生，浑身上下没有一丝新鲜感。她靠班上的同学们彻底摆脱了戾气，会在大家的围绕之下发出哈哈大笑。那副样子可真丑恶，那才不是真正的她。

我则因为被她抛下而独自一人留在背阴处。为了把她拉回原来的位置，我开始散播谣言，说她怀孕了……那效果简直立竿见影。她很快便遭到了班上的同学们的排挤。不过那时的她已经没有了攻击性，就连曾经待过的背阴处也回不去了。于是，她逃难似的转学了。

我太失望了，真的很失望，也对自己曾迷恋过她而感到羞耻。于是我把她抛诸脑后，就当是年少时期不堪回首的荒唐史。

而且我也因此把氢氟酸给忘了个干净。

直到我再次遇见她。

高中毕业后，我进入了美容类的专业院校，并在一位造型艺术家的手下学习技术。那时，我和她重逢了。

是她先找上我的。当时，她联络了我的老家，得知了我现在的手机号码。于是我们久违地见了面，中间已经隔了多少年了呢？

一言蔽之，那是一场糟糕的重逢，毕竟传出谣言、害她转学的人是我。

但她好像毫不在意，带着无忧无虑的笑容对我说着自己的近况，说自己想当律师，正在法律学校学习，而且还在律师事务所打工……

我惊呆了。

因为她已经完全不像我当年认识的那个惠麻了，就连她的酒窝也是。那酒窝曾经是那么的富有魅力，现在已经与法令纹融为一体。

普通人见到一度消失的偶像，多年后重返荧幕却容貌巨变，都会陷入茫然。而我也差不多就是这种感觉。

原来人真的能改变那么多呀！或者，人只有在初高中时代才是特别的，因为“中二病”嘛……唉，不过我同样是个“中二病”患者呢。

总之，重逢时的她已经丝毫没有“中二病”带来的阴沉气息，反倒因生活充实而闪闪发光。她如今应该活得相当丰富多彩吧？即使她初中时搞出了那么大的事，高中时也写了那么残酷的计划，甚至还试图用氢氟酸把我杀死。

那时候，我终于想起了那一小瓶氢氟酸。在哪来着？对了，在我老家写字台的抽屉深处。我把它藏在首饰盒里。正当我仔细地思考着这些，她说：“阿满，我觉得你变了好多呢。难道你整容了？”

当然整了。我高中毕业就去做了眼睛、鼻子和下巴，为了让自己的人生重新开始。我的高中生涯在一片黑暗之中结束了，我怀着绝对不能重蹈覆辙的决心，踏上了整容的道路。

手术非常成功。由于我底子不够好，所以也没能整成回头率百分之百的大美女，不过已经成功改变了直到高中毕业给人的印象。因此不管是柏木阳奈子还是土门公美子，哪怕看到合田满这个名字，也没有认出我来。这很正常，毕竟她们只当我是“核电鳗”，都不记得我的名字了，也包括我的长相。即使我没有整容，她们大概照样不会意识到眼前的人是我。三年来，我始终独自待在背阴处，没有任何人留意过我。

于是我像陌生人那样与她们来往，我想这样反而能让工作更加顺利。如果被她们认出我是“核电鳗”，相处起来总会有些别扭。惠麻也是这么想的，所以隐瞒了自己在兰圣的经历。

哦，对了，松川凛子律师就是惠麻介绍给我的。通过这笔业务，我终于能够自立门户了。这一点我确实要感谢惠麻。

接着，松川律师帮我介绍了土门公美子和柏木阳奈子。

关于我个人的情况就说到这里。

我们说回正事吧。

嗯，正如您所指出的，我和大崎多香美同学有来往。

大概是在二〇一三年的初春时节，大崎多香美同学联系了我。她在电话里说：“我看了时尚杂志的美妆专题，其中有合田满这个名字。阿满同学，你现在成了造型艺术家吗？”

我很惊讶，那个班级里居然有人记得我的名字。

不愧是班长。虽然她这人一堆毛病，但是作为班长，还是清楚地记得班上的每一个人。

我居然对她产生了一股奇怪的共鸣，便经常跟她见面。她有孩子，所以基本上都是我去她家做客。因此也认识了她的家人。

有一次我上她家玩，她喝得烂醉如泥，直接去睡觉了，而我则跟她的丈夫发生了关系。

当时他和我也都喝醉了，所以只是犯了点小错误而已。但……我却不知从什么时候认真了起来，等回过神，我已经无法停止对他的思念，他也真心爱上了我。

往多香美同学家打无声电话的人是我。因为多香美同学的丈夫说自己经常被骂，还说她是个冷酷的恶妻。于是，我就想让多香美同学也摊上点麻烦。

多香美同学并没有因此气馁，但相反的是，她的坏心眼却越来越多。她表面上扮演着一个温柔高雅的阔太太，内在则完全是一个活吸人血的魔女，她会笑着说出让我感到很不顺心的话。那些话可是残忍极了。

有一次，她对我说："阿满同学，你不会不知道面向外部招生的真正用意吧？"

看到我浑然不知的样子，她又接着往下说："兰圣学园呢，原本是一处学习与训练礼仪的设施……你是知道的吧？而旧琉璃镇上的那家新天堂酒店的前身是一所女子监狱。我听说那里聚集了全日本的女犯。所以在讨论两个镇子合并的那会儿，御崎镇提出了强烈抗议……犯人能出狱当然是好事，不过总有女犯在出狱后仍无家可归。‘铃兰会’便是为了保护她们而设立的。当时，刚出狱的女犯们靠卖身赚钱，目睹当时惨状的德国修女玛莉亚·吉哈尔特开始接收她们，给予了她们职业技能方面的训练以及结婚的机会。后来，以此为源头的兰圣学园尽管成了一所女子学校，重整旗鼓，却依然继承了这份精神。现在当然也是如此。”

多香美同学怜悯地打量着我，继续说道：“兰圣学园采取从小学到短期大学的一贯制教育，原则上只在小学部和短期大学部对外招生。不过你知道的，我们的初中部和高中部也会在某些年份举办招生考试。据说由于报考人数众多，每次的录取率都很低……但基于兰圣的一贯原则，初高中的招考其实另有目的。虽然外部的人并不清楚，实际上啊……这是为了接收‘问题少女’，也就是为了矫正犯罪少女。那些少女本该被送到少管所，然而一旦有女孩经过鉴别判断，认为其‘年幼且相对易矫正’，那么她们便会被送到兰圣学园。这时，兰圣就会开展面向普通人的外部招生考试。即是说，兰圣会同时接纳‘问题少女’和‘普通学生’。这是考虑到要让‘问题少女’也能度过普通的校园生活。因此，‘问题少女’们的考试内容是很简单的……确实简单吧？”

看我没有作答，她继续说了下去："唉，阿满同学的情况就更特殊了，你的父亲杀了人吧？他杀了在镇子合并问题上与他持对立观点的人，还把尸体埋了起来。你也因为这桩案子被欺负得很惨，便跟不良少年们厮混在一起，偷东西、打架什么的，屡教不改，做出了许多问题行为。我听说你本来是得进少管所的，不过你得到了酌情轻判的特别处置，就被送到兰圣学园来了。"

啊……这个女人怎么会说出这么残酷的话？我简直对她那残虐的性格产生了一些同情，没有做出反驳，只是听她把话说下去。

"惠麻同学也一样，她上中学时好像闯了大祸，但结果别说反省了，她甚至还写了那种剧本，活像是在扬扬得意地回味自己的恶行。果然江山易改本性难移，我都惊呆了。但我们这些兰圣学子的使命就是温暖地欢迎你们，与你们平等相处，结下友谊。毕竟你们是客人嘛。所以无论发生了什么，我们都必须好好招待你们，帮助你们重新做人。这就是我们兰圣学园的精神……对了对了，松川凛子女士也是——"

我的眼泪流个不停，把身上的针织衫都打湿了。其实我之所以哭泣，并不是听见有人在说惠麻的坏话。我对惠麻的看法其实和多香美同学一致。我只是觉得自己没出息，居然憧憬过惠麻那样的人，还跟她约好"友谊天长地久"。

既然如此，为什么我的眼泪就是停不下来呢？

那是因为我明白自己被当作一个“肿块”，一个“客人”，被小心对待了。是的，我是她们怜悯的对象。

太丢人了……丢人到让我想哭。

我确实差一点就要被送去少管所，但外婆问我要不要去兰圣学园，还说如果我真的在反省，发誓以后做个普通的女高中生，那么就去考兰圣。

兰圣学园是我的家乡最为耀眼、最让人引以为豪的存在。当地的女孩都很向往它……我也是这样的。尽管我嘴上说自己对兰圣没兴趣，但每次看到那身校服，心里便羡慕极了。于是我决定参加考试，洗心革面刻苦学习，珍惜每一分钟。所以当我收到合格通知书时，真是高兴得快要死了。

结果却遭到这种待遇！

高中三年间，我在兰圣过得很不舒服。毕竟我是一个活在阴影里的人。即便如此，身为兰圣学子的骄傲仍是我唯一的支柱，支撑我熬过了这三年。

结果却遭到这种待遇！

班上同学的面孔一张张地浮现在我的眼前，我心中涌起了强烈的报复欲。她们居然如此对待了我三年，我要让她们的脸因恐惧而扭曲！

不过这可怕的想法瞬间便消失了。因为我的工作满满当当，恋爱也很顺利，可以说是处在幸福的巅峰。当人觉得幸福时，对他人的恨意也会减弱，如今的我已经不再是曾经那个众人怜悯的对象了，可怜的反而是多香美同学。因为她无法自主判断善恶好坏，因此才会极度重视世人的评价，总是装出一副好人的样子。然而，她越是执意维持假象，这份固执便越是会转变为“恶意”。因此，她的心灵被黑暗所笼罩了。

她对丈夫芳重先生的咒骂越来越难听，害得芳重先生身心俱疲，甚至说打算杀了她……而我想要安慰芳重先生，便把那瓶东西给了他。没错，就是从惠麻那里得到的“友谊天长地久的证明”——氢氟酸。为了他，我回到老家，偷偷把它带了出来。我告诉他：“你看这种液体，我听说只要往人身上涂上一丁点儿，接触到它的部分就会立即坏死，甚至还能要人性命。如果用得巧妙，即可实现完美犯罪。但你不许用它，你得拿它来护身。只要拥有它，你的处境便比多香美同学来得强，毕竟你可以随时让她陷入痛苦的地狱呢。这相当于将她的生命拿捏在自己手里哦。所以你就带着它吧，权当它是个护身符。”

我为什么会做出这种事呢？明知他的身心都疲劳到了极点，说不定真的会使用那瓶氢氟酸，而不是只将它视作护身符。

唉，也罢。肯定是因为我希望多香美同学消失。这么一来，芳重先生便能正式成为我的男人。因此，我或许是在知道他可能杀害多香美同学的前提下，依然给了他那瓶氢氟酸……现在想来，我的想法是那么愚蠢、那么武断。女人一旦被邪念控制住，怎么就会笨到这个地步啊？

但是，我彻底小看了多香美同学。我没想到她会往自己手上涂氢氟酸。

没错，芳重先生告诉我说，她好像偷看了我和他之间的短信息。那么，我想她应该已经知道自己的丈夫偷藏着氢氟酸，于是便将它找了出来，并给自己涂上。

她为什么要这么做？

大概是对我和芳重先生的报复吧。

尽管如此，也没人会带着昔日的同班同学一起“上路”啊。

是的。就在多香美同学去世的几天前，我收到了“六月三十一日的同学会”的邀请函。当时我立即觉得这是多香美同学寄给我的，便给她打了电话。

她承认了，还说：“哎呀，我露馅了？其实不只给你啦，我还给咲穗同学和阳奈子同学寄去了邀请函。毕竟……你们都是必须接受处罚的人呢。咲穗同学以前绊过我一跤，让我丢了好大的脸。阳奈子同学在电视节目里穿了一条浅青灰色的连衣裙，但那条裙子本该是由我来穿的。我不能原谅她们。至于你，你自己心里有数吧？没事的，只要你们不再把邀请函寄给别人，那么这件事也就到此为止了……不过咲穗同学也许会寄哦，她就是爱在口头上指点他人，实际上脆弱得很呢，而且她又有孩子……真是的，你别那么生气嘛，这都是我拿来炒气氛的啦，因为这次的同学会是兰圣学园创设一百周年的纪念活动，如果办得普普通通的，不是会很无聊吗？”

接着，她又补充了一句：“正式的邀请函当然也已经寄出去了。”

事实也正如她所说。

可是，在我们之后才收到“六月三十一日的同学会”的邀请函的人又会怎么想呢？结果是因人而异的。有些人被假邀请函夺走注意力，也就不会细看真的邀请函了吧？而那些自认为将受到“处罚”的人又会吓得发抖。

这就是多香美同学的目的所在。

先寄出“六月三十一日的同学会”的邀请函，然后用氢氟酸自杀，这些都是为了进一步强化自己灌输给班上同学们的恐惧，为了对大家进行“死亡”的暗示。

嗯，她就是在给自己拉垫背的。

而实际上，阳奈子同学、宁宁同学、结衣子同学都死了，不是吗？

还有惠麻，惠麻也死了。

多香美同学想要的，正是这一连串的死亡。

（引自“镰仓市主妇被害案件”被告人大崎芳重辩方证人证词）

+

（二〇一六年六月十四日　周二）

合田满举着腮红刷在松川凛子的脸颊上游走，强烈地感受对方正凝视着她映在镜中的身影。

“听说你上法庭作证了？”

凛子总算开了口。

“……是的。”

“这是你第一次上法庭？”

“……是的。”

“你很紧张吧？”

“……是的。”

“你也是兰圣学园的毕业生呢，而且还是第八十九届的，与柏木阳奈子小姐她们同届。既然如此，你真该早点告诉我。”

“抱歉。”

“听说你也是从‘外部’考进来的？”

“……是的。”

“哦……其实我也是。”

阿满的手突然一抖。

随后她透过镜子偷瞄着凛子。

“松川凛子律师也是‘外部’的。”

大崎多香美的声音再次在她的鼓膜深处响起。

“不是说‘遇上麻烦就找松川律师谈谈’吗？你知道学校那边说这话的用意吗？”

“其实啊，校方是通过叫大家去找她咨询，达到大家一起监视她的目的，因为她是个不知会干出什么事来的危险人物。”

“……听说松川律师呀，一旦进入极度亢奋的状态，即会暴露出残暴的本性。她从小就会做出一些问题行为，后来甚至发展成用柴刀把两个弟弟打得半死……属于典型的反社会人格。她是个残缺者。据说残缺者从一出生就没有良知这种东西。此外，松川律师还有严重的被害妄想。这种妄想被放大到极致，她就会亢奋起来。所以有消息说她的中学时代几乎都是在医院里度过的。

“……现在她还在服用抑制亢奋的药物，尽管她也因此安分了下来，可不晓得什么时候又会出事，于是校方便动员所有毕业生的力量来监视她。

“……不过我也不知道这消息是真是假，总之她确实引发过残虐性的事件。”

“怎么了？”

松川凛子看向阿满。

阿满则轻轻摇摇头，说了一声“没事”，接着再次轻快地挥动起了腮红刷。然而她的手却轻轻颤抖着。

莫非逼死惠麻的是松川律师？

这些日子，这个疑惑一直紧紧占据着阿满的大脑皮层不放。

当然，她没有任何证明或确凿的证据。

惠麻是什么时候联系我的来着？对了，就是松川律师倒在化妆室的第二天。

那天，阿满久违地收到了惠麻的短信息，里头写道：“我打算从松川律师的事务所辞职。”

阿满回她：“为什么？”

“我总觉得……松川律师很可怕。”

惠麻在短信息中如是回答。

“松川律师很可怕”，眼下，我已经切实体会到惠麻的意思了。

她确实很可怕。

镜中映出了松川凛子的视线，但阿满已经无法再次直视了。

再次回到阳奈子的记忆

（二〇一四年六月二十五日　周三）

“老师……柏木老师。”

感觉到有人正在晃着自己的肩膀，阳奈子浑身一颤。

呃，这是哪儿?

映入眼帘的是电脑显示器、眼看着就快坍塌的杂志堆、五颜六色的笔，以及素描簿上的漫画原稿。

啊，对了，这里是我的工作室。

我不知不觉就趴在桌上睡着了。

“柏木老师，您还好吧？”

说话的人是从上个月起来协助阳奈子工作的小林女士。

“咦？”小林女士把漫画原稿从阳奈子的胳膊下抽出来，问道，“这是新连载的分镜稿吗？”

“嗯，虽然还不知道会不会被编辑部采纳。”

“作品标题是《六月三十一日的同学会》？”

“是的……我打算以自己的母校为原型。不过这是一部推理作品啦。”

“推理？是全新的领域呢……请问故事内容是？”

“概括地说……就是有连续杀人犯混入了一所学校。”

“连续杀人犯？”

“我的母校原本是一处学习与训练礼仪的设施……或者说，它是专为有前科的女性们开设的训练设施。因为这项传统，我们学校时不时便接收一些有问题的学生……当然，这都是秘密进行的。学校会让普通的学生和有犯罪经历的学生平等地在同一所校园内生活，目的在于矫正那些问题少女。”

“您打算把这些画成漫画？”

“对，我一直都在创作一些温和的故事，没机会画这样的内容。但我收到了同学会的邀请函。”

阳奈子说着，便从抽屉中取出两份邀请函。

“一份是普通的双邮资明信片[1]，没什么大不了的，而且我已经在‘不出席’上画了圈，回头就寄回去……但另一份就很有趣了。”

接着，阳奈子从信封中抽出邀请函。

1　双邮资明信片是明信片的一种形式，可供人往返通信使用。它由正片和副片组成，两者都印有邮资证明，表明寄件人已经为收件人交纳了邮资，收件人只需剪下副片并直接回寄即可，不必再付费。——译者注

“这日期有意思吧？六月三十一日。”

“这一天是从哪来的啊？六月只有三十天……”

“其实我们学校有‘六月三十一日’。虽然是四年一度的，但是有哦……也许就是因为这一点，我们有时会收到‘六月三十一日的同学会’的邀请函。有点像‘不幸的信’那种东西，据说收到它的人将受到‘处罚’。

“有意思吧？在六月三十一日召集那些犯过罪的‘外来者’，并‘处罚’她们。我心想能不能以这些元素为题材，画一部推理作品，就试着做了分镜稿。不过一直都不太顺，所以我昨天也通宵了——”

“老师，您真的没事吗？脸色很糟啊。”小林女士再次询问。

“哦……我只是有点睡眠不足。”

+

“氢氟酸。”

阳奈子闻声回头，只见小林女士拧着上半身朝向电视机的方向。

电视里正在播放午后新闻。

“氢氟酸……怎么回事？”阳奈子问道。

小林女士有些得意地复述着新闻：“一位女性因为接触氢氟酸

而死亡……死者二十八岁，跟柏木老师您同岁呢。这么年轻……真可怜。”

多香美同学……死了？

多香美同学吗？

阳奈子走在工作室与自宅之间的天桥上。

“老师。”

听到有人呼唤自己，阳奈子回过头去，只见小林女士正站在那里，凶相毕露。

“您是要画我的故事吗？”

“什么？”

“我也是从外部考进兰圣学园的。”

“欸？”

“我以前每天都会去新天堂酒店的烘焙店偷面包，而且还偷了许多其他东西，像是同班同学的钱，像是进邻居家偷衣服。因为我无论如何都想进兰圣，又听说只要做坏事就能去那里念书……后来，我的愿望实现了，我从初中开始成为兰圣的一员。”

“小、小林女士……”

“您要把这些都画到漫画里去吗？”

“小林女士，住手！”

“求求您，别画！我很认真地反省了，也不再偷东西了，我还有孩子，我不想让孩子知道这些，所以请您无论如何都不要画出来！”

“快住手，很危险啊，不要——”

+

——居住在东京都武藏野市的漫画家柏木阳奈子老师（二十八岁），从自宅附近的天桥上坠落，现已被送往医院，但仍处于昏迷之中，伤情严重。

警方正在详细调查其坠桥的原因。

+

我的……名字？

我的……名字是——

“阳奈子同学，怎么了？”

“嗯？”

“你一定要集中精神，才能把苹果切好。”

阳奈子仔细看去，只见白色的盘子上有一整只苹果，而她的手里则分别握着刀和叉。

她环视周围，发现自己似乎置身于一家餐厅之中。室内成排地摆着许多圆桌，桌上铺了白色的桌布。

但每张桌边都空无一人。

“大家都好慢哦。”

从刚才起便只有这一位少女向她搭话，她却看不清少女的脸。或许是因为灯光的关系，虽然能大致瞧见对方的轮廓，但完全无法把握五官的细节。

“唉，也可能是我们来得早了些。现在还没到六月三十一日呢。”

“抱歉……你是哪位？我这边看不太清。”

“我？讨厌啦，你不记得我了吗？我是‘班长’啊。”

“班长？但是你已经……”

“啊，等一下，有声音，你听见了吗？是脚步声。”

“咦？”

+

有脚步声传来。

咔、咔、咔、咔、咔……

那是鞋跟的声音，来者应该是一名女性。

咔、咔、咔、咔、咔、咔……

对方在阳奈子跟前停住了脚步。

“柏木老师……柏木阳奈子老师。”

听到呼唤声，阳奈子缓缓用力，试图撑开沉重的眼皮。

她做了一个长长的梦。

没错，那确实是我们在学业发表会上表演过的一幕。

我为什么会做这种梦？

对了，我在哪儿？

“这里是医院哦。”对方答道。

而阳奈子也终于睁开了眼睛。

一个黑色的身影浮现在眼前。

啊……

阳奈子浑身打战。

我还在梦里吗？我梦到的到底是我们表演过的那部剧，还是连环杀人犯？

“抱歉，吓到你了。”对方的声音很温柔，“你好，我是松川凛子。”

“松川律师……对了，谢谢您前些日子给我介绍了一位优秀的造型师，她的手艺非常棒，服装品位也很卓越。她建议我穿一条浅青灰色的连衣裙，那条裙子备受好评呢——”

“我看到你的新闻就飞奔过来了。”

“太感谢您了，在百忙之中特地抽空过来。您这么出名的人物能来探望我，真是我的荣幸。”

“出名？你这说的什么话，现在出名的可是你啊。”

“欸？”

“真头疼。居然有人比我更出名。因为我一定要把‘兰圣学园出身的名人’这个身份给保持下去，不然我就失去存在的价值和意义了。我欠了兰圣很多，为了偿还这些，不当好最出名的毕业生可不行。”

“您……在说什么？”

“我是说，你的漫画越来越有名了，让我很不愉快，心想着就算用尽一切手段也要把你拉下来。就在这时，新闻报道说你从天桥上摔下来了……我觉得这正是神赐给我的机会。”

“所以我才问您到底在说什……”

就在阳奈子打算出声的瞬间，她感到有个靠垫般的柔软物体压在了她的脸上。

她眼前一黑。

这一次，我是真的死了。

她追逐着自己逐渐淡去的意识，如此想道。

松川凛子的致辞

（二〇一六年六月三十一日　世界日）

今天是四年一度的“六月三十一日”。能够在这个值得庆贺的日子里见到铃兰会的各位，是我最大的快乐。

我叫作松川凛子，现有幸被委以重任，担任铃兰会副理事长。

其实在决定接下这项重任之前，我心里一直很矛盾，纠结着我这种人到底能胜任吗？我这种人配得上这个位置吗？正如各位所知，我是从“外部”考进来的。我小时候犯过错，原本应当受到审判，但有赖于大家的指导、理解与温情，我才得以从事自己的天职，当上一名律师，也收获了全社会的信任。这完全都是托大家的福。为了报答这份恩情，我认为自己应当接过这项重大使命，也发自内心地感谢各位能够赐予我这般机会。

我想各位都已有所耳闻，这四年间接连发生了多起悲剧。

大崎多香美同学、柏木阳奈子同学、猪口宁宁同学、福井结衣子同学，以及海藤惠麻同学不幸身亡。

也有人觉得这一连串的悲剧源于我们所采用的“世界历”，并对此深感遗憾。

“世界历”是一种“固定历”，它将一月一日规定为周日。即使在不同年份，同一个日期几乎会是同一天。而大家都深谙其由来。

它源于意大利的修道士马可·马斯特罗菲尼于一八三四年构思的历法改革法案，设计目的是修正公历的缺点。一九三〇年十月二十一日，伊丽莎白·阿基利斯成立了世界历法组织，并将世界历的历法改革运动推广至全世界。尽管联合国和一些国际联盟亦多次收到改历的提案，但由于美国的反对，该提案至今尚未得以实现。

另一方面，创立了兰圣学园的玛莉亚·吉哈尔特修女同样采用世界历，一生都致力于世界历的历法改革运动。在玛莉亚修女逝世之后，铃兰会便继承了她的遗志。

我听说过，我们正是因此而遵照世界历，在闰年将六月三十日的次日定为“六月三十一日世界日”，并且把铃兰会的全会也安排在这一天。

然而，这个日期并不存在于普遍通用的公历之中，是故学生群体内部才会传出一些毫无根据的都市奇闻。

既然知道学生们长久以来都出于好玩而相互传递有关于“六月三十一日的同学会”的匿名信，那么对其置之不理的铃兰会也负有很大的责任。

为了避免此类悲剧重演，我希望铃兰会可以认真研究关于“弃用‘世界历’”的课题。

（引自“铃兰会副理事长松川凛子就任致辞”）

北京市版权局著作合同登记号：图字 01-2022-4143

图书在版编目（CIP）数据

6月31日的同学会 /（日）真梨幸子著；邢利颉译.
-- 北京：台海出版社，2022.8
ISBN 978-7-5168-3359-9

Ⅰ.①6… Ⅱ.①真… ②邢… Ⅲ.①长篇小说－日本－现代 Ⅳ.①I313.45

中国版本图书馆 CIP 数据核字 (2022) 第 140052 号

6月31日的同学会

著　　者：［日］真梨幸子　　译　　者：邢利颉

出 版 人：蔡　旭　　封面绘制：李宗男
责任编辑：员晓博　　封面设计：李宗男

出版发行：台海出版社
地　　址：北京市东城区景山东街 20 号　　邮政编码：100009
电　　话：010-64041652（发行、邮购）
传　　真：010-84045799（总编室）
网　　址：www.taimeng.org.cn/thcbs/default.htm
E－mail：thcbs@126.com

经　　销：全国各地新华书店
印　　刷：北京盛通印刷股份有限公司
本书如有破损、缺页、装订错误，请与本社联系调换

开　　本：880 毫米 ×1230 毫米　1/32
字　　数：197 千字　　印　　张：9.25
版　　次：2022 年 8 月第 1 版　　印　　次：2022 年 8 月第 1 次印刷
书　　号：ISBN 978-7-5168-3359-9

定　　价：58.00 元